춘향전·옹고집전

수능대비 한국문학 필독서 09
춘향전 · 옹고집전

지은이 작가 미상
엮은이 송창현
펴낸이 임상진
펴낸곳 (주)넥서스

초판 발행 2013년 6월 10일

2판 1쇄 인쇄 2018년 7월 15일
2판 1쇄 발행 2018년 7월 20일

출판신고 1992년 4월 3일 제311-2002-2호
주소 10880 경기도 파주시 지목로 5
전화 (02)330-5500 팩스 (02)330-5555

ISBN 979-11-6165-442-3 44810

이 도서의 국립중앙도서관 출판예정도서목록(CIP)은
서지정보유통지원시스템 홈페이지(http://seoji.nl.go.kr)와
국가자료공동목록시스템(http://www.nl.go.kr/kolisnet)에서
이용하실 수 있습니다.
(CIP제어번호 : CIP2018021077)

www.nexusbook.com

수능대비 한국문학 필독서
09

춘향전·옹고집전

작가 미상

송창현 엮음·해설

넥서스

* 일러두기

1. 시대 분위기와 작가의 개성이 드러나는 문장이나 방언, 속어, 고어 등은 원문 표기를 따랐다.
2. 원본 한자는 한글로 바꾸고 작품의 이해에 필요한 경우에만 한자를 병기하였다.
3. 독자들의 이해를 높이기 위해 필요한 경우 괄호 속에 뜻풀이를 달았다.

차 례

해설

◆ 작가에 대하여

〈춘향전〉과 〈옹고집전〉은 작자 미상의 고전 소설이다. 〈춘향전〉은 현실적으로 이루어지기가 불가능했던 성춘향과 이몽룡의 사랑을 통해 신분 차별이 없어지기를 바라는 당대 사람들의 마음이 반영되어 창작된 작품으로 볼 수 있다. 〈옹고집전〉은 옹고집처럼 부자이나 도덕 관념이 현저히 낮은 사람들에 대해 불만을 가진 당대 서민층에 의해 공동 창작되었을 것으로 여겨진다.

춘향전

◆**작품 개관**

조선 시대에 창작된 판소리계 소설이다. 성춘향과 이몽룡의 사랑 이야기를 담은 작품으로, 남녀 간의 자유연애 사상과 당시 사회의 신분 제도를 둘러싼 불합리한 모습들이 그려져 있다.

◆**줄거리**

남원 부사의 아들인 이몽룡은 몸종인 방자와 함께 광한루에서 바람을 쐬던 중, 그네를 뛰는 춘향의 모습을 보게 된다. 춘향의 모습에 반한 몽룡은 그날 밤 춘향의 집으로 간다. 춘향의 어미인 월매의 허락을 받고 춘향과 백년기약을 맺은 몽룡은, 춘향과 깊은 사랑을 나눈다.

몽룡은 어느 날 갑자기 부친이 영전되어 서울로 올라간다는 소식을 듣는다. 몽룡은 어머니에게 춘향의 존재를 알리지만 꾸

지람만 듣고 춘향을 서울로 데려가지 못한다. 어쩔 수 없이 춘향과 이별하게 된 몽룡은 춘향에게 꼭 다시 내려오겠다는 약속을 한다.

몽룡이 떠나간 후 남원에는 변학도라는 인물이 부임해 온다. 변학도는 남원 고을에서 춘향의 미모가 출중하다는 소문을 듣고 춘향을 불러들인다. 변학도는 춘향에게 자신의 수청을 들라고 명하지만 춘향은 이를 거절한다. 이에 변학도는 춘향을 매질하고 옥에 가둔다.

이몽룡은 서울에 올라간 후 열심히 공부하여 과거에 급제한다. 호남 지방의 어사를 제수받아 남원으로 내려온 몽룡은, 농민들과의 대화를 통해 변학도의 부패와 실정을 알게 된다. 몽룡은 변학도의 생일잔치에 가서 시를 한 수 짓고는, 곧 암행어사 신분으로 변학도를 파직하고 춘향과도 재회한다.

◆ **주요 등장인물**

성춘향 성 참판의 서녀로 기생 월매의 딸. 이몽룡에 대한 정절을 지킴으로써 자신의 신분을 상승시키려는 욕구를 지니고 있다.

이몽룡 남원 부사의 아들. 광한루에서 춘향이 그네 뛰는 모습을 보고 한눈에 반한다. 부친의 명에 따라 춘향과 이별하지만, 어사가 되어 남원에 내려온 후 춘향과 재회한다.

변학도 이몽룡의 부친이 다른 부임지로 떠난 후, 남원에 온 사또. 부패한 관리의 모습을 나타내는 인물로, 변학도가 남원에 오면서부터 춘향의 고난이 시작된다.

◆작가와 작품

남녀 간의 자유연애 사상

〈춘향전〉의 남녀 주인공은 이몽룡과 성춘향이다. 이몽룡은 남원 부사의 아들로 양반 신분이다. 춘향은 성 참판의 서녀라고는 하지만 기생 월매의 딸로 양반 신분이 아니다. 작품의 배경이 되는 조선 시대에는 이 둘의 사랑이 이루어질 수 없었다. 신분에 따라 사람에 대한 대우가 확연히 달랐던 조선 시대에, 남녀가 서로 사랑한다고 해서 결혼할 수는 없었다.

실제 조선 사회는 그랬지만, 작품 속 춘향과 몽룡은 다른 길을 걷는다. 몽룡은 광한루에 나갔다가 그네를 뛰는 춘향의 모습을 보고 한눈에 반한다. 옆에 있는 방자에게 춘향의 집을 물어 춘향의 집을 찾아간 몽룡은 춘향과 하룻밤 정분을 주고받는 것에 그치지 않고 평생을 같이하겠다는 약속을 한다.

실제 조선 사회였다면 춘향의 집을 몽룡이 직접 찾아가 월매의 허락을 받고 춘향과 평생을 약속하지는 않았을 것이다. 아마도 춘향을 자신의 집으로 불러들이든가 다른 거처로 오라고 명령했을 것이다. 그리고 하룻밤을 보낸 뒤, 혹은 잠시 동안 춘향과 연정을 나눈 뒤 이몽룡은 부친을 따라 홀연히 떠나갔을 것이다. 춘향은 이몽룡이 떠난 뒤 홀로 남겨졌을 것이고 어쩌면 변학도의 수청을 들었을는지도 모르는 일이다.

하지만 작가가 그려 낸 작품 속 두 남녀의 모습은 이와 다르다. 현실의 신분 제도가 어떻든 그들은 자신의 감정에 충실하다. 몽룡은 춘향의 모습이 마음에 들어 그녀의 집에 찾아가고 평생을 약속한다. 춘향 또한 몽룡의 얼굴을 보고 자신이 찾던 사람임을 깨닫고는 그를 집으로 맞아들인다. 몽룡을 사랑하게 된 후 춘향은 변학도의 수청 요구를 단번에 거절한다. 자칫하면 자신이 죽을 수도 있지만, 자신의 마음을 지키기 위해 변학도의 명을 거절한 것이다. 몽룡도 서울에 올라간 후 과거에 급제하여 남원에 내려온다. 이후 자신이 사랑하는 여인인 춘향을 구한다.

작품 속에 나타난 춘향과 몽룡의 모습은 조선 시대의 남녀 모습과는 많이 다르다. 이는 당대 현실을 반영한 것이기보다는 작가의 의식이 반영된 것이라고 보는 게 더 타당하다. 춘향과 몽룡을 통해 우리는 작가가 추구하는 남녀 간의 모습을 살펴볼 수 있다.

◆ **작품의 구조**

고난극복과 해피엔딩

춘향을 중심으로 생각해 보자. 춘향은 광한루에서 그네를 타다가 이몽룡의 눈에 띈다. 이런 연으로 몽룡을 만나게 된 춘향은 자신의 마음을 몽룡에게 허락한다. 이몽룡과 사랑에 빠진 춘향은 그와 평생을 같이하기로 약속한다. 하지만 몽룡의 아버지가 서울로 부임지를 옮기면서 그들은 헤어지게 된다. 이몽룡은 춘향을 사랑하지만 그녀를 서울로 데려갈 힘이 없었고 춘향 또한 몽룡을 자신의 곁에 잡아 둘 수 없었다.

춘향과 몽룡이 헤어진 이후부터 춘향의 고난이 시작된다. 물론 이몽룡도 서울에 올라가서 열심히 공부하고 과거에 급제하기까지 힘든 과정이 있었겠지만, 몽룡의 이야기는 작품 속에서 구체적으로 나타나지 않는다. 이몽룡보다는 춘향의 고난이 더욱 부각된다.

이몽룡의 아버지가 서울로 부임해 가고 남원 부사에 변학도라는 인물이 임명된다. 그는 백성들의 생활을 돌보지 않고 주색을 즐기는 인물이다.

변학도는 남원으로 오자마자 춘향의 미모가 뛰어나다는 소문을 듣고 춘향을 불러들인 후, 자신의 수청을 들라고 명한다. 춘향은 이미 몽룡과 평생을 함께하기로 약속한 터라 변학도의 요구를 거절한다. 변학도의 명령을 거절하면 자신이 큰 고난을 겪고 잘못하면 죽을지도 모르는 상황인데도 춘향의 절개는 꺾이지 않는다. 심한 매질과 옥살이에도 자신의 뜻을 굽히지 않고, 몽룡이 누추한 차림으로 서울에서 내려왔어도 그를 전혀 원망하지 않는다. 이런 그녀의 모습을 보고 몽룡은 춘향에 대해 의심하는 마음을 거두고 그녀를 아내로 맞아들인다.

춘향은 작품 속에서 변학도의 수청을 거절하고 정절을 지킨 대가로 많은 수난을 당한다. 하지만 이런 과정을 겪고 난 후 춘향은 자신이 사랑하는 사람과 평생을 함께할 수 있게 된다. 이렇듯 이 작품은 고난의 과정이 지나간 후에 행복한 결말을 맺는 구조로 이루어져 있다.

◆작품의 감상과 수용

리듬감, 판소리계 소설의 특징

이 작품은 판소리계 소설이다. 판소리로 가창되다가 소설로 정착된 것이기 때문에 글을 읽다 보면 자연스러운 리듬감을 느낄 수 있다. 작품 처음 부분에 나오는 내용을 살펴보자. 이몽룡이 방자를 앞세우고 광한루에 바람 쐬러 나가는 장면이다.

"이때는/때마침/춘삼월이라./춘조는/비거비래/쌍쌍하여/춘정을/도웁는데,/사또 자제/이도령이/연광은/이팔이요,/풍채는/두목지라./도량은/창해 같고/지혜 또한/활달하며,/문장은/이태백이요,/필법은/왕희지라./"

내용을 살펴보면, '삼월 봄이 도래하여 하늘을 나는 새는 짝을 지어 날며 봄의 정서를 부추긴다. 사또의 아들인 이도령의 나이는 십육 세이고 외모도 뛰어나다. 마음 씀씀이는 넓은 바다와 같고 지혜 또한 특출나다. 글솜씨도 옛 문장가인 이태백과 왕희지에 견줄 만하다'라고 파악할 수 있다.

내용의 의미를 모르더라도 글을 읽다 보면 자연스럽게 끊어 읽게 된다. 끊어 읽는 부분은 세어 보면, 세 부분 혹은 네 부분으로 나누어진다. 이를 삼 음보, 사 음보라 부르는데 이는 우리 민족의 전통적 리듬이다. 또한 '이때는 때마침'의 '때', '춘삼월이라. 춘조는~춘정을'의 '춘'이 반복되면서 리듬감은 더욱 강화된다.

◆작품에 반영된 현실

계급 차별에 따른 신분 상승 욕구 투영

이 작품의 주된 흐름은 춘향과 몽룡의 사랑 이야기이다. 광한루에서 처음 만나 사랑을 하고 평생을 약속한 후에 두 남녀는 깊은 정을 나눈다. 춘향은 이 과정에서 단순히 사랑에 빠지는 인물로 나오지 않는다. 사랑을 지키려고 노력했던 것과 더불어 신분제가 확고했던 사회에서 자신의 계급을 높이려고 노력한 인물로도 평가받는다.

춘향은 부계 쪽으로는 양반의 피가 흐르지만 모계 쪽으로는 기생의 피가 흐른다. 춘향은 어머니의 핏줄을 따라 기생으로 살 수 있었다. 하지만 그녀는 다른 선택을 한다. 기생 신분을 거부하고 아버지의 핏줄을 따라 양반으로 사는 길을 택한 것이다. 그 첫 번째로 이 도령이 자신에게 사랑을 고백할 때 순순히 받아들인 것이 아니라, 평생을 약속하도록 만든 것을 꼽을 수 있다. 평생을 자신과 함께하겠다는 약조를 받아 낸 것은 자신이 양반의 첩이 되지 않고 본부인이 되겠다고 선언한 것이나 다름없다.

춘향은 여기에서 그치지 않는다. 이몽룡이 서울로 떠난 뒤 부임해 온 변학도는 춘향에게 수청을 들라고 명한다. 신분제가 뚜렷했던 당시 사회를 생각했을 때, 변학도의 요구는 불합리한 것이 아니었다. 사또로 부임해 온 변학도가 백성을 돌보지 않고 주색을 즐긴 것은 비난받아 마땅하지만, 기생의 딸에게 기생에게 대하듯이 한 것을 보고 나쁘다고 할 수만은 없다. 이런 변학도의 명령에 춘향은 자신의 정절을 내세워 거절한다. 당시 정절은 양반 신분의 여자가 강조하는 것이지, 기생 신분의 여자가 강조하는 것은 아니었다. 여기에서 춘향은 기생으로 살기를 거부하고 보다 높은 신분으로 자신을 끌어올리고자 하는 욕구를 드러낸 것으로 파악할 수 있다.

작품 속에 드러난 춘향의 모습은 당시 사회에서 신분에 따른 차별에 대항하여 보다 높은 신분으로 상승하고자 하는 대다수 사람들의 욕망을 드러낸다. 또한 우리는 기생의 딸이 양반과 사랑을 이루는 모습을 통해 신분에 따른 차별이 없어지기를 바라는 당대 사람들의 마음을 살펴볼 수 있다.

옹고집전

◆ **작품 개관**

〈옹고집전〉은 판소리 계열의 고전 소설이나 판소리는 전하지 않는다. 욕심 많은 옹고집이 학 대사의 술법에 혼이 나 개과천선한다는 이야기이다. 조선 후기에 나타난 자본 중시 현상과 윤리적 가치의 소홀을 보여 주는 인물로 옹고집이 설정되었으며, 이러한 인물에 대한 반감이 반영된 작품이다. 장자못 설화, 동물 둔갑 설화 등과 유사점을 보이며, 〈흥부전〉의 놀부와 유사한 인물이 주인공으로 등장한다.

◆ **줄거리**

옹진골 옹당촌에 옹고집이 살았는데 성미가 괴팍하고 욕심이 많았다. 부자인데 병든 팔십 노모를 제대로 봉양하지 않고 박대하며, 불도를 우습게 알아 동냥중들을 괴롭히곤 했다.

한편, 월출봉 취암사의 한 도사가 학 대사를 불러 옹고집을 혼내 주라는 명을 내린다. 학 대사가 옹고집의 집에 가 시주를 부탁하자 시주는커녕 하인들을 시켜 꼬챙이로 귀를 뚫고, 태장 사십 대를 때려 내보냈다.

학 대사는 중들에게 돌아와 옹고집을 혼낼 여러 의견을 듣다가 마침내 괴이한 꾀를 하나 냈다. 짚 한 단으로 가짜 옹고집을 만든 뒤 진짜의 집으로 보낸 것이다. 가짜 옹가와 진짜 옹가의 진위를 가리기 위해 하인, 며느리, 아들, 아내까지 나왔으나 확실히 답을 내지 못하였다.

지나던 구불촌 김 별감이 송사를 해 보라 하여 사또 앞에 나아가니 사또가 묻는 집안 내력과 형편을 가짜 옹가가 더 잘 대답하여 진짜가 된다. 진짜 옹가는 매를 맞고 쫓겨나 걸인 신세가 된다. 그 사이에 가짜 옹가와 진짜 옹가의 부인은 아이를 무수히 낳고, 진짜 옹가는 죽으려다 도사를 만나 개과천선을 약속하고 부적을 받아 집에 돌아온다.

부적의 힘으로 가짜 옹가와 아이들은 허수아비로 변하고, 진짜 옹가는 모친께 효도하고 불도를 공경하며 살았다.

◆ **주요 등장인물**

옹고집(옹 좌수) 시주받으러 온 중들을 때려 쫓아내는 심성이 고약한 인물. 재산에 대한 욕심이 많고 인색하여 부모 봉양을 제대로 하지 않는다.

학 대사 도사의 명으로 옹고집을 혼내 주는 술법을 부리는 인물. 술법의 경지가 높다.

◆ **작가와 작품**

조선 후기에는 경제 발달과 더불어 부를 추구하는 것에만 급급해 윤리적 가치를 저버린 인물을 주변에서 쉽게 볼 수 있었다. 〈옹고집전〉의 작가는 밝혀지지 않았으나 이러한 현상에 불만을 가지고 옹고집과 같은 인물을 비판하기 위해 작품을 창작했을 것으로 여겨진다.

◆ **작품의 구조**

언어 유희와 해학미

이 작품에는 '옹'이라는 글자를 활용한 언어 유희가 눈에 띈다. 다음을 보자.

옹달 우물과 옹연못이 있는 옹진골 옹당촌
두 옹이 아옹다옹 맞다투니 그 옹이 그 옹이요,

옹고집이 사는 곳과 가짜 옹가와 진짜 옹가가 싸우는 장면을 언어 유희로 표현한 것이 눈에 띈다. 이러한 말장난은 소리 내어 읽었을 때 그 맛이 살며, 독자들에게 재미를 준다.

또한 진짜 옹가와 가짜 옹가의 다툼에서 둘의 옷을 벗기는 장면이 있는데, "그러나 차돌 같은 대갈통이 같거니와, 가슴, 팔뚝, 다리, 발이 모두 같고 불알마저 흡사하니, 그 진위를 도무지 가릴 길이 없었다."처럼 익살스러운 목소리로 이야기를 전개하고 있다.

이처럼 언어 유희의 활용과 익살스러운 목소리에 의한 소설 전개는 작품에 해학미를 더한다. 더불어 진짜 옹가는 가족의 내력을 못 외우고 가짜 옹가가 더 잘 안다는 설정은 조상을 모실 줄 모르는 진짜 옹가를 풍자하는 동시에 웃음을 자아낸다.

◆ **작품의 감상과 수용**

인색과 낭비의 중용 – 절약

옹고집은 놀부와 더불어 인색함의 대표적인 인물이다. 두 인물 모두 돈을 아끼기 위해 가족마저 제대로 돌보지 않는다. 이러한 인색과 돈에 대한 과도한 집착은 결국 그들의 삶을 파탄으로 끌고 간다. 가짜 옹가가 나타나 집을 차지한 것이나 나쁜 복이 든 박 때문에 집이 엉망이 되는 것은 재앙이 아닐 수 없다. 이 모든 결과의 원인에 바로 욕심이 있다.

돈을 낭비하는 것 역시 미덕이 아니다. 그러나 인색함이 그 대안이 될 수는 없다. 중용에 따르면 인색과 낭비는 모두 악덕이며 그 중도적 덕으로 '절약'을 들고 있다. 쉽게 말해 절약은 '아낄 것은 아끼고 쓸 것은 쓴다.'이다. 팔십 세 병든 노모의 방에 따뜻한 불조차 때 주지 않는 것이 절약일 수는 없다.

◆ **작품에 반영된 현실**

조선 후기 화폐 경제의 발달과 〈옹고집전〉

조선 후기에 농업 기술의 발달에 따른 농업 생산력의 증대는 자연스럽게 화폐 경제를 발달시켰다. 다시 말해 이 시기는 자본주의적 가치가 싹이 튼 시기라고 할 수 있다. 이러한 변화와 더불어 기존의 봉건적 유교 관념에서 중시되던 윤리 의식이나 도덕 관념보다 금전적 이익을 가장 큰 가치로 두는 사람들이 생겨났는데, 이 작품의 옹고집 역시 그러한 인물로 볼 수 있다.

조선 시대를 지배했던 유교적 가치에 따르면 지성으로 자신을 길러 준 병든 노모를 차가운 방에 두고 음식도 제대로 대접하지 않는 것은 천륜에 어긋나는 일이다. 게다가 옹고집은 부자여서 노모를 봉양하기 위해 자기가 굶어야 하는 것도 아니다. 그런데도 그 많은 재산을 모으는 데만 급급해 부모를 제대로 봉양하지 않는다. 이는 '돈'을 가장 큰 가치로 여기는 변화된 시대의 가치가 옹고집에게 반영되어 있음을 의미한다.

춘향전

*

숙종대왕 즉위 초에 성덕이 넓으시사 성자성손은 대를 이으니 금고옥족은 요순시절이요, 의관문물은 우탕의 버금이라. 좌우보필은 주석지신이요, 용왕호위 간성지장이라. 조정에 흐르는 덕화 향곡에까지 퍼졌으니 사해의 굳은 기운이 원근에 어려 있다. 충신은 만조하고, 효자 열녀 집집마다 있으니, 미재미재라. 우순풍조하고 함포고복하니 처처에 격양가가 끊이지를 않더라.

이때에 삼천동 거하시는 이한림이라 하는 양반이 있었는데, 세대 잠영지족으로 충신의 후예라.

하루는 전하께옵서 충효록을 올려 보시고 충효자를 택출하사 자목지관 임용하실새 이한림을 과천 현감에서 금산 군수로 이배하여 남원 부사에 제수하시니, 이한림이 사은숙배 하직하고 즉시 치행하여 남원부에 도임하고 선치 민정하니, 사방이 안정되고 백성들은 소리 높여 칭송하더라.

이때는 때마침 춘삼월이라. 춘조는 비거비래 쌍쌍하여 춘정을 도웁는데, 사또 자제 이 도령이 연광은 이팔이요, 풍채는 두목지라. 도량은 창해 같고 지혜 또한 활달하며, 문장은 이태백이요, 필법은 왕희지라.

이때 도련님이 방자 불러 이르는 말이,

"이곳 경처 어디메냐?"

방자놈 여짜오되,

"글공부 하시는 도련님이 경처 알어 무엇하시려오?"

이 도령 하시는 말이,

"어허, 이놈! 네 모른다. 시중천자 이태백은 채석강에 놀아 있고, 적벽강 추야월에 소자첨 놀았으니 아니 노든 못 하리라."

방자 다시 여짜오되,

"서울로 이를진대 자하문 밖 내달아 칠성암 청련암 세검정이 어떠한지 몰라와도 전라도 오십삼 관중에 남원이라 하는 고을 광한루라 하는 곳이 놀음직하나이다."

이 도령 이르는 말이,

"광한루 구경 가게 행장을 차리어라!"

방자놈 거동 보소. 서산 나귀 솔질 살살하여 가진 안장 지을 적에 홍연자각 산호편에 옥안금천황금륵 청홍사 고운 굴레 주먹 상모 덤벅 달아 앞뒤걸이 질근 매고 층층 다래 은엽 등자 호피 돋움 새가 난다.

도련님 치레 보소. 신수 고운 얼굴, 분세수 정히 하고, 감태 같은 채머리 해남을 많이 발라 반달 같은 용려리로 설설 흘려 비껴 궁초 댕기 석황 물려 맵시 있게 잡아매고, 보라 수주 잔누비 돌징 육사단 겹배자 밀화단추 달아 입고 분주바지 세포버선 통행전 무릎 아래 넌짓 매고 영초단 허리띠 모초단 도리줌치 대구팔사 갖은 매듭 고를 내어 넌짓 매고 청사도포 몸에 맞게 지어 입고, 궁초 띠를 흉중에 넌짓 매고 맹호연의 본을 받아 갖은 안주 국화주를 왜화병에 가득 넣어 나귀 등에 넌짓 싣고 은죽산 부산 대 별간죽 길게 맞춰 삼동초 꿀물 맞게 추겨 천은설합에 가득 넣어 자주 녹비 끈을 달아 방자놈에게 채운 후에 나귀 등에 섭적 올라 홍선으로 일광을 떡 가리고 맹호연 본을 받아 호호 달랑 호호 달랑.

오작교 다리 가의 광한루 섭적 올라 좌우를 둘러보니 산천물색 새롭다. 악양루 고소대와 오초동남수는 동정호로 흘러지고 연자 서북에 팽택이 완연하고, 또 한 곳 바라보니 백백홍홍 난만 중에 앵무 공작 날아든다.

산천경개 둘러보니 반송솔 떡갈잎은 춘풍에 너울너울, 폭포유수 시냇가에 계변화는 벙긋벙긋, 낙락장송은 울울하고 녹음방초승화시라. 벽도화지 만발한데 별유건곤 여기로다.

난간에 비기어 앉아 한 곳을 바라보니, 어떠한 한 미인이 봄새 울음 한가지로 온갖 춘정 못 다 이기어 두견화도 질끈 꺾어 머리에도 꽂아 보며, 함박꽃도 질끈 꺾어 입에 함쑥 물어 보고, 옥수 나삼 반만 걷고 청산유수 흐르는 물에 손도 씻고 발도 씻고, 물도 머금어 양수하고, 조약돌 덥석 쥐어 버들가지 꾀꼬리도 희롱하고, 버들잎도 주루룩 훑어 내어 물에도 훨훨 흘려 보고, 백설 같은 흰나비는 곳곳마다 춤을 추고, 황금 같은 꾀꼬리는 숲숲이 날아들어 온갖 소리 다 할 적에, 춘향이 거동 보소.

춘흥을 못 이기어 추천(그네)을 하려 하고, 면숙마 추천줄을 수양버들 상상지에 칭칭 얽어 감아 매고, 세류 같은 고운 몸을 단정히 놀릴 적에 청운 같은 고운 머리 반달 같은 용어리로 어리 설설 흘려 빗겨 전반같이 넌즛 땋아 뒤 단장 은죽절과 앞치레 볼작시면, 밀화장도 옥장도며 광원사 겹저고리 백방사주 진속곳 서수화 유문 초록 장옷 남방사 홑단치마 훨훨 벗어 걸어두고 자주 비단 수당혜를 석석 벗어 던져 두고 황건 백건 지우자를 뒤 단장에 떡 부치고 섬섬옥수 넌즛 들어 추천줄을 갈라

잡고 백능 버선 두 발길로 섭적 올라 발구를 제, 한 번 굴러 힘을 주며 두 번 굴러 통통 차니 반공에 훨적 솟아 가지가지 놀던 새는 평임으로 날아들고 비거비래하는 양은 지황건이 난봉 타고 옥경으로 향하는 듯 무산선녀 구름 타고 양대상에 나리는 듯, 그 태도 그 형용은 세상 인물 아니로다.

이 도령이 정신이 어질하며 안경이 희미하여 방자 불러 이르는 말이,

"저 건너 화류간에 아른아른하는 게 무엇인지 알겠느냐?"

방자놈 여짜오되,

"과연 분명 모르나이다."

이 도령이 이르는 말이,

"금이냐? 옥이냐?"

방자 여짜오되,

"금생여수 아니어든 금이 어찌 나온다 하며, 옥출곤강 아니어든 옥이 어이 있으리이까?"

"네 그러할진대 신선이며 귀신인가?"

방자 여짜오되,

"영주 봉래 아니어든 신선 오기 만무하고, 하늘 맑고 비 내리지 아니어든 귀신 있기 괴이하여이다."

"네 말이 그러할진대 네 정녕 무엇인가?"

방자 다시 여짜오되,

"이 고을 기생 월매 딸 춘향이란 기생 아이 낮이면 추천하고 밤이면 풍월 공부하여 도도하기로 일읍에 낭자하여이다."

이 도령 크게 기뻐하며 이르는 말이,

"그러할 시 분명하면 잔말 말고 불러 오라!"

방자놈 거동 보소. 도련님 분부 뫼시어 춘향 초래하러 갈 제, 논틀이며 밭틀이며 뒤쪽을 높이 찌고 껑충거려 건너가서 춘향 초래라는 말이,

"책방 도련님 분부 내려 너를 급히 부르신다."

춘향이 깜짝 놀라 이르는 말이,

"너더러 춘향이니 오향이니 고양이니 잘양이니 종다리새 열씨 까듯 다 외워 바치라더냐?"

방자 이르는 말이,

"추천을 할 양이면 네 집 후원에서 할 것이지 탄탄대로에 나와 에굽은 늙은 버들 장장채승 그넷줄을 양수에 갈라 쥐고 백승버선 두 발길로 백운 간에 노닐 적에 물명주 속곳 가랭이 동남풍에 펄렁펄렁, 박속 같은 네 살결이 백운간에 힛득힛득하니 도련님 네 태도 잠깐 보고 정신이 희미하여 너를 급히 부르시니, 네 어이 거역하리?"

춘향이 거동 보소. 추천하던 그 태도로 한 번 걸어 주저하고

두 번 걸어 사양하니, 방자놈 이르는 말이,

"네 교태 한 번에 나의 수로 갈 데 있느냐? 사양 말고 바삐 가자!"

춘향이 거동 보소. 옥태화용 고운 얼굴 백모래밭의 금자라 걷듯, 대명전 대들보 명매기 걸음으로 앙금 살짝 걸어와서 공경하여 예를 표했다.

이 도령 거동 보소. 단순호치 반개하여 용사교담으로 말씀하여 이른 말이,

"네 얼굴 보아 하니, 일국의 절색이라. 네 바삐 오르거라!"

춘향이 거동 보소. 추파를 잠깐 들어 이 도령을 살펴보니, 만고의 호걸이요, 진세간 기남자라. 천정이 높았으니 소년공명 할 것이요, 오악이 조구하니 보국충신 될 것이매, 춘향이 흠모하여 아미를 숙이고 염슬단좌뿐이로다.

이 도령 하는 말이,

"네 연세 몇이며, 네 성은 무엇인가?"

춘향이 여짜오되,

"연세는 십륙세오, 성은 성가라 하나이다."

이 도령 거동 보소.

"허! 그 말 반갑도다. 네 연세 들으니 나와 동갑이요, 성짜는 들으니 이성지합이라. 천연일시 분명하다. 나를 섬김이 어떠하

느냐?"

춘향이 거동 보소. 팔자청산 찡그리며 주순을 반개하여 가는 목 겨우 열어 여짜오되,

"충불사이군이요 열불경이부절은 옛 글에 있사오니, 도련님은 귀공자요 소녀는 천첩이라. 한 번 탁정한 연후에 인하여 버리시면 독수공방 홀로 누워 우는 내 아니고 뉘가 할까. 그런 분부 마옵소서."

이 도령이 이르기를,

"네 말을 들어 보니 어이 아니 기특하리. 우리 둘이 인연 맺을 적에 금석뇌약 맺으리라. 네 집이 어디더냐?"

춘향이 거동 좀 보소. 섬섬옥수 높이 들어 한 곳 넌지시 가르치되,

"저 건너, 동편에 송정이오 서편에 죽림이라. 앞뜰에 매화 피고 뒤뜰에 도화 피어 초당 앞에 연못 파고 연못 위에 석가산 묻은 곳이 소녀의 집이로소이다."

춘향을 보낸 후에 책실로 돌아와 춘향을 생각하니, 말소리 귀에 쟁쟁, 고운 태도 눈에 암암, 해 지기를 기다리며 방자 불러 이르는 말이,

"오늘 해가 어느 때냐?"

방자 여짜오되,

"동에서 아귀 트나이다."

이 도령 이르는 말이,

"어허, 이놈 괘씸한 놈! 서로 지는 해가 동으로 도루 가랴? 다시금 살피어라!"

이윽고 방자 여쭈되,

"일낙함지 황혼하고 월출동령 달이 밝았소."

석반이 맛이 없어, 전전반측 어이하리.

방자 불러 분부하되,

"퇴령을 기다리라!"

하고 서책을 보려 할 제,《맹자》를 내어 놓고 읽을 새,

"맹자견양혜왕하신대 왕왈 수불원천리이래하시니 역장유어이오국호이까?"

"아서라, 그 글도 못 읽겠다!"

"《시경》을 들여라. 관관저구 재하지주로다. 요조숙녀는 군자호구로다."

"아서라, 그 글도 못 읽겠다!"

"《대학》을 들여라. 대착지도는 재명명덕하며 재신민하며 재춘향이니라."

"아서라, 그 글도 못 읽겠다!"

"《주역》을 들여라. 원은 형코 정코 춘향이 코 내 코 딱 데이니

좋고 하니라."

"아서라, 그 글도 못 읽겠다!"

"《천자》를 들여라. 하늘 천 따 지 거물 현 춘향이 누루 황 집 우 집 주 넓을 홍 춘향아 거칠 관."

방자 여짜오되,

"《천자》가 도련님께 당치 않소."

이 도령이 방자를 나무라며 말했다.

"네 무식하다. 《천자》라 하는 게 칠서의 본문이라. 《천자》를 새겨 읽을게 들어 보아라!"

"천개자시생천하니 태극이 광대 하늘 천
지벽어축시생후하니 오행팔괘로 따 지
삼십삼천공부공하니 인심지시 검을 현
이십팔숙 금목수화토 지정색의 누를 황
일월이 생하여 천지가 명하니 만물을 원하여 집 우
토지가 두터 초목이 생하니 살기를 취하여 집 주
인유이주야 천하이광하니 십이제국의 넓을 홍
삼황오제 붕하신 후에 난신적자 거칠 황
동방이계명 일월이 생하니 소관부상의 날 일
서산낙조 일모궁하니 월출동령의 달 월
한심미월 시시부터 삼오일야의 찰 영

태백이 애월을 낙대로 달 건지랴 점점 숙으려 기울 측
하도낙서 벌린법 일월성신의 별 진
무월동방 원앙금의 춘향동침의 잘 숙
춘향과 날과 동침할 제 사양 말고 벌릴 열
일야동침의 백 년을 기약 온갖 정담에 베풀 장
금일 한풍이 소소래하니 침실의 들거라 찰 한
베개가 높거든 내 팔을 베어라 이만큼 올 래
침실이 온하면 서열을 취하여 이리저리 갈 왕
불한불열이 어느 때나 엽낙오동 가을 추
백발이 장차 우거지니 소년풍도를 거둘 수
추절한풍 사렴타가는 설한풍의 겨울 동
소한대한 염려 마소 우리 님 의복에 감출 장
부용작야 세우중에 광윤유태 윤달 윤
이해가 어이 그리 긴고 인제도 사오시 남을 여
외로이 정담을 이루지 못하여 춘향 만나 이룰 성
나는 일각이 여삼추라 일년사시의 송구영신의 해 세
군자호구 이안이냐 춘향과 나와 혀를 물고 쪽쪽 빨아도 남을 여 자 아니냐."

글을 읽고 나서, 이 도령이 방자 불러 이르는 말이,

"하마 거의 야심이라. 초롱의 불 밝혀라! 춘향 집 찾아가자!"

일개 방자 앞세우고 춘향 집을 다다르니 인적이 야심한데 대접 같은 금붕어는 님을 보고 반기는 듯, 월하의 두루미는 흥을 겨워 짝을 부른다.

이때 춘향이 칠현금 빗겨 안고 춘명곡 탈 때, 이 도령이 그 금성을 반겨 듣고 글 두 귀를 읊었으되,

"세사는 금삼척이요 생애는 주일배라. 서정강상월이요 동각설중매라."

춘향 어미 듣고 나와,

"신동인가? 선동인가?"

이 도령 이른 말이,

"선동이러니 할미집에 술 있다 하기로 내 왔노라."

하거늘, 할미 대답하되,

"이게 주가가 아니라. 이 아래 행화촌을 찾아갑소."

이 도령 하는 말이,

"내 일정 선동이 아니로세."

방자 이르오되,

"이 고을 사또 자제 도련님이 춘향 구경 와 계시니 잔말 말고 들어가소!"

춘향이 이 말 듣고 바삐 나와 소매를 부여잡고,

"들어가세. 들어가세."

춘향의 방을 들어가서 방안 치레 볼작시면, 청능화 도벽에 황능화 띠를 띠고 황능화 도벽에 청능화 띠를 띠고, 왜경 대경 객게수리 이렁저렁 벌려 놓고 자개 함농 반다지며 벽상을 둘러보니 온갖 그림 다 붙여졌다. 어떠한 그림이 붙여져 있는고?

부춘산 엄자릉은 간의태후 마다하고 백구로 벗을 삼고 원학으로 이웃 삼아 양구를 떨쳐 입고 추동강 칠이탄에 낚싯줄 던진 경이 역력히 그려져 있고, 진처사 도연명은 팽택 영을 마다하고 오류촌 북창하에 국파주를 취케 먹고 백학을 희롱하며 무현금 무릎 위에 놓고 소리 없이 슬픈 경이 역력히 그려져 있고, 또 저편 바라보니 남양 초당 풍설 중에 한종실 유황숙이 와룡 선생 보려하고 걸음 좋을 적토마를 뚜벅뚜벅 바삐 몰아 지성으로 가는 경이 역력히 그려져 있고, 또 저편 바라보니 상산사호 네 노인이 바둑판 앞에 놓고 어떠한 노인은 백기를 들고 또 한 노인은 흑기를 들고 또 한 노인은 구절죽장에 호로병 매어 후리쳐 질끈 잡아 요만큼 하여 있고, 또 한 노인은 훈수를 하다가 무렴을 보고 암상에 홀로 앉아 조는 양이 역력히 그려져 있고, 또 저편 바라보니 채석강 명월야에 시중친자 이태백은 포도주 취케 먹고 낚시 배 빗겨 앉아 지는 달 건지려고 물에 손 넣는 양이 역력히 그려져 있고, 백이숙제 채미경과 만고성인 공자 그림, 오강의 항우 그림, 광충다리 춘화 그림이 역력히 그려져 있는데,

구경을 다한 후에 이 도령이 춘향에게 이르는 말이,

"나도 태후 집 자제로서 경성에서 생장하여 청루 미색과 좋은 계집 많이 보고 구경하였으되, 네 인물 네 태도는 세상 사람이 아니로다! 근원 있어 그러한가? 연분 있어 그러한가? 네가 일정 국색인가? 내가 미쳐 그러한가? 이리 헤고 저리 헤어 놓고 갈 뜻 전혀 없다. 만일 나 곧 아니던들 너의 배필 뉘가 되며, 만일 네 곧 아니던들 나의 가인 뉘가 될꼬? 너 죽어도 내 못 살고 나 죽어도 네 못 살리로다! 나 살아야 너도 살고, 너 살아야 나도 살고, 너의 연세 들어 하니 날과 같이 이팔이라. 이도 또한 천연인지 반갑기도 그지없다."

우리 둘이 잊지 말자. 깊은 맹세 맺을 적에 공단 대단 도리줌치 주홍 당사 벌매듭을 차례로 끌러 놓고 면경 석경 드러내어 춘향 주며 이르는 말이,

"대장부 정절행이 석경빛과 같을진대, 진토 중에 빠져서도 천만년이 지나간들 변할쏘냐."

춘향이 재배하고 석경 받아 품에 품고 저도 또한 신을 낼 제, 섬섬옥수를 들어 보라. 대단 속저고리 제 색 고름 어루만져 옥지환을 끌어내며 옥수에 걸어 들고 단정이 궤좌하여 이 도령께 드릴 적에 가는 목 겨우 열어 옥성으로 여쭈오되,

"여자의 정절행이 옥지환과 같을지라. 진토 중에 빠져서도 천

만년이 지나간들 변할 때 있을쏘냐."

이 도령이 옥지환을 받아 금낭에 얼른 넣고, 춘향 보고 이르는 말이,

"야심인적하였으니 잔말 말고 잠을 자자."

춘향이 거동 보소. 주효를 차릴 적에, 기명 등물 볼작시면 통영소반 안성유기 당황기며 동래주발 적벽대접 천은 술 유리저에, 안주 등 물 볼작시면 대양푼에 갈비찜 소양푼에 저육초에 풀풀 뛰는 숭어찜에 포드득 포드득 메추리탕에 꾀꼬요 우는 영계탕에 톰방톰방 오리탕에 곱장곱장 대화찜에 동래 울산 대전복을 맹상군의 눈썹처럼 어슷비슷 올려놓고 염통산적 양볶기며 낄낄 우는 생치다리 석가산같이 괴어 놓고, 술병치레 볼작시면 일본 기물 유리병과 벽해 수상 산호병과 티끌 없는 백옥병과 쇄금병 천은병과 자라병 황새병과 왜화 당화병을 차례로 놓았는데 갖음도 갖을시고. 술치레 볼작시면 도연명의 국화주와 두초당의 죽엽주와 이적선의 포도주와 안기생의 자하주와 산림처사 송엽주와 천일주를 가지가지 놓았는데, 향기로운 연엽주를 그중에서 골라내어 주전자에 가득 부어 청동화로 쇠 적쇠에 덩그렇게 그려 놓고 불한 불열 데워 내어 유리배 앵무잔을 그 가운데 데웠으니 옥경연화 피는 꽃이 태을선인 연엽선 뜬 듯 둥덩실 띄워 놓고, 권주가 한 곡조에 일배 일배 부일배 반취하게

먹은 후에 분벽사창 깊은 방에 둘이 안고도 놀고 업고도 놀고 노니 이게 모두 다 사랑이로구나!

"굽이굽이 깊은 사랑, 시냇가 수양같이 척 처지고 늘어진 사랑, 화우동산 목단화같이 펑퍼지고 고운 사랑, 포도 다래같이 휘휘친친 감긴 사랑, 연평 바다 그물같이 얽히고 맺힌 사랑아, 은하직녀 직금같이 올올이 이룬 사랑. 청루 미녀 침금같이 혼술마다 감친 사랑, 은장 옥장 장식같이 모모이 잠긴 사랑, 남창 북창같이 다물다물 쌓인 사랑 네가 모두 사랑이로구나. 어화둥둥 내 사랑아! 어화 내 간간 내 사랑이로구나!"

"여봐라 춘향아! 저리 가거라! 가는 태도를 보자. 이리 오너라! 오는 태도를 보자. 빵긋빵긋 웃어라! 웃는 태도를 보자. 아장아장 걸어라! 걷는 태도를 보자. 서라. 동정 칠백 원무산같이 높은 사랑, 여천 창해같이 깊은 사랑, 너와 나와 만난 사랑, 허물없는 부부 사랑, 너는 죽어 무엇 되며 나는 죽어 무엇 되리. 생전 사랑 이러하면 사후 기약 없을쏘냐. 너 죽어 될 것 있다. 은하수 폭포수 만경창해수 일대장강 다 버리고 칠년대한에 일생진진 젖어 있는 음양수란 물이 되고, 나는 죽어 청학 백학 청조 용조 그런 새는 되려 말고 쌍비쌍래 떠날 줄 모르는 원앙새 되어 녹수 원앙 격으로 어화 둥둥 떠놀거든 나인 줄 알려므나. 사랑 사랑 내 간간."

"이제 싫소! 그것 내 아니 될 나요."

"그러면 너 죽어 또 될 것 있다. 너는 죽어 종로 인경이 되고, 나는 죽어 인경 마치 되어 새벽이면 삼십삼천 저녁이면 이십팔숙 그저 뎅뎅 치거든 남은 인경 소리로 알고 우리 둘이는 뎅뎅 춘향, 뎅뎅 도련님으로 놀아 보자. 사랑 사랑 내 간간 사랑이로구나!"

"싫소! 그것도 아니 될 나요."

"그러면 무엇이 된단 말이냐? 옳다! 너 죽어 될 것 있다. 너 죽어 해당화가 되고 나는 죽어 나비 되어, 나는 네 꽃송이 물고 너는 내 수염 물고 춘풍 건듯 불면 너울너울 춤을 추고 놀아 보 자. 사랑 사랑 내 간간 사랑이야! 이리 보아도 내 사랑, 저리 보아도 내 사랑. 나 죽어도 너 못 살고 너 죽어도 나 못 살 제, 사랑이 핍진하여도 갈릴 마음 바이없다. 너 죽어 될 것 있다. 너는 죽어 방아 확이 되고 나는 죽어 방아 공이 되어 경신년 경신월 경신시 강태공 조작으로 어화 떨구덩 하거든 날인 줄 알려무나."

춘향이,

"싫소! 아무것도 아니될 나요."

"야, 그러하면 어찌하잔 말이냐?"

"품앗이를 해야 하지요."

"옳지. 너 죽어 위로 될 것 있다. 너는 죽어 매 위짝이 되고 나는 죽어 매 밑짝이 되어 사람이 손으로 얼른하면 천방지방으로 휘휘 둘러 돌리거든 날인 줄 알려무나. 사랑 사랑 내 간간 사랑이야!"

춘향이 하는 말이,

"아무것도 아니될 나요. 위로 생긴 것이 부아 나게 생겼소."

"오냐, 춘향아. 우리 둘의 업음질이나 좀 하여 보자."

"애고, 잡성스러워라! 업음질을 어떻게 하잔 말이요."

"너와 나와 활씬 벗고 등도 대고 배도 대면 맛이 한껏 나지."

"나는 부끄러워 못 하겠소."

"어서 벗어라. 어서 벗어라!"

"나는 부끄러워 못 벗겠소."

"에라이 이 계집아! 안 될 말이로다. 벗어라, 어서 벗어라!"

만첩청산 늙은 범이 살진 암캐 물어다 놓고 이는 빠져 먹진 못하고 흐르렁 흐르렁 어루는 듯, 북해상의 황용이 여의주를 물고 채운 간에 넘노는 듯, 도련님 급한 마음 와락 달려들어 춘향의 가는 허리를 후리쳐 안고 저고리 풀며 바지 버선 다 벗겨 놓았더니, 춘향이 못 이기어 이맛전에도 구슬땀이 송실송실,

"애고, 잡성스러워라."

"네가 뉘 간장을 녹이려고 이리 곱게 생겼느냐? 여봐라 춘향아. 이리 와 업히어라."

옷을 벗은 계집아이라 어쩔 줄을 몰라 부끄러워 못 견디는 아이를 업고 못 할 소리가 없다.

"애고 춘향아, 네가 내 등에 업혔으니 네 마음이 어떠하냐?"

"한정 없이 좋소."

"여봐라, 내가 너를 업고 좋은 말을 할 터이니 네가 대답을 하려느냐?"

"좋은 말씀 할 양이면 대답 못할 것 없소."

"사랑이로구나. 사랑이야. 어화 둥둥 내 사랑이야. 네가 금이냐?"

"금이라니 당치 않소. 옛날 초한 적에 진평이 범아부를 잡으려고 황금 사만을 흩었으니 금이 어디 있으리까?"

"그러면 네가 무엇이냐? 내 사랑, 네가 내 사랑이지. 그러면 네가 옥이냐?"

"옥이라니 당치 않소. 만고 영웅 진시황이 영산의 옥을 얻어 이사의 명필로 수명우천기수영창이라 옥새를 만들어서 만세유전을 하였으니 어찌 옥이 되오리까?"

"그러면 네가 무엇이냐? 네가 해당화냐?"

"해당화라니 당치 않소. 명사십리 아니어든 해당화가 되오리까?"

"에라, 이 계집아이. 안 될 말이다. 내 사랑 내 사랑이제. 그러면 네가 무엇이냐? 네가 반달이냐?"

"반달이라니 당치 않소. 금야 초상이 아니거든 반달이라니 당치 않소."

"네가 무엇이냐? 내 사랑 내 간간아. 네가 무엇을 먹으려느냐? 생률 숙률을 먹으려느냐?"

"그것도 내 아니 먹을 거요."

"그러면 무엇을 먹으려느냐? 둥글둥글 수박 웃봉지를 뚝 떼고 강릉 백청을 가득 부어 붉은 점을 먹으려느냐?"

"아니, 그것도 내사 싫소."

"그러면 무엇을 먹으려느냐? 돼지 잡아 주랴? 개 잡아 주랴? 내 몸을 통째로 먹으려느냐?"

"도련님, 내가 사람 잡아 먹는 것 보았소?"

"에이 계집아야. 안 될 말이다. 어화 둥둥 내 사랑이제. 이애 무겁다 그만 내리렴. 여봐라, 춘향아 백사만사가 다 품앗이가 있나니라. 나도 너를 업었으니, 너도 나를 업어야지."

"애고 여보 도련님은 기운 세어서 업었거니와 나는 기운 없어 못 업겠소."

"나도 너를 업고 좋은 말을 하였으니, 너도 나를 업고 좋은 말을 하여라."

"그러면 업히시오. 좋은 말 하오리다."

하올 적에,

"둥둥 좋을시고, 진사급제를 업은 듯, 동부승지를 업은 듯, 팔도감사를 업은 듯, 삼정승을 업은 듯, 여상을 업은 듯, 부열을 업은 듯, 보국관서를 업은 듯, 외삼천내 팔백주석 OOO 내 서방이제. 내 서방. 이리 보아도 내 서방. 저리 보아도 내 서방, 알뜰 간간 내 서방이제."

"사랑 노래 다 버리고 탈 승짜 노래 들어 보소. 타고 놀자, 타고 놀자. 헌원 씨 시용간과하야 능작태 무찌르고 탁녹야사로 잡어 지남거 빗겨 타고 남원천 구경할 제 이적선 고래 타고, 안기생 나귀 타고 일모장강 어옹들은 일엽선 돋워 타고 만경창파 어기야 어기야 하며 떠나간다. 나는 탈 것 바이없어 춘향배 잡아 타고 탈 승짜로만 둥둥둥 놀아 보자."

밤낮으로 세월 가는 줄 모르고 이 지경으로 놀아나니 형용이 온전하리.

홍진비래는 고진감래로다.

이때에 사또 도련님을 찾으니, 방자놈 급히 나와 도련님 전 문안 후에

"여보 도련님. 사또께옵서 꾸중 났소!"

도련님 놀라며,

"여봐라 춘향아, 내 잠깐 다녀오마."

정신없이 들어가 사또전 문안하니 사또 보시고 전과 달리 몰라보게 생겼는지라. 사또 대노하사,

"근래 어디를 갔더냐?"

"글 흥이 과도하와 각처 경개를 구경차 다녔나이다."

사또 더욱 진노하사,

"경개 구경하면 무엇하니?"

도련님이 여쭈오되,

"자고로 문장이 산수에 놀았기로 고인을 사모하였나이다."

"잔말 말고 내일 내직 내행 모시고 올라가거라! 서울서 동부승지 유지 내려왔다."

도련님 기가 막혀 먼 산 바라보며 하염없는 눈물이 옥면에 가득한지라. 사또 대로하사,

"이 자식, 부형이 말하는데 왜 우느니?"

"총망중에 깜짝 놀라 울지 않아도 눈물이 자연 흐르나이다."

사또 어이없어하며 말하기를,

"허, 그 자식 내가 남원에서 일생 살 듯하였더냐?"

도련님이 부교를 거역치 못하여 책실로 돌아와 곰곰 생각하니, 만사에 뜻이 없고 가슴이 답답하여 눈물을 거두고 대부인전에 들어가서 무심하게 눈물을 흘리노니, 대부인이 보시고,

"아가 웬일이냐? 아버지께서 꾸중하시더냐?"

"아니지요. 데려갈 것 있소."

"무엇을 데려가려느냐?"

대부인이 눈치 채고 대로하사 꾸중하시니, 도련님이 두말도 못 하고 춘향한테 이별차로 나오면서 생각하되 데려갈 길 바이 없어 춘향의 집 들어가 앉으며 울음을 정신없이 울거늘,

이때 춘향이 도련님 채우려고 금낭에 수놓다가 놀라 물으니, 아무 말도 못 하거늘, 춘향이 도련님 거동 보고,

"어인 일인가요? 이러한 경사에 과도이 싫어 마옵소서."

춘향이 위로하니 도련님이 말하기를,

"내 경사를 놀람이 아니라 그러한 일이 있도다."

하니 춘향이 말하기를,

"무슨 일이 있나이까?"

이 도령 탄식하며 말하기를,

"너를 두고 갈 터이니 그러한 연고로다."

춘향이 이 말 듣고 안색이 변해서 하는 말이,

"당초에 우리 만나 맹약을 어떻게 하였습니까? 못 갑니다. 날 죽이고 가지, 살리고는 못 갑니다."

이 도령 하릴없어 춘향을 달랜 후에 책방에 돌아와 동원에 들어가 사또께 뵈온데 사또 말씀하되,

"급히 내행을 모셔 치행을 바삐 하라!"

이 도령은 사또의 말씀을 들은 다음 내행을 모셔 오리정으로 나가니라.

이때 춘향이 이별주 차릴 새 풋고추 저리김치 문어 전복 곁들여 환 소주 꿀물 타서 향단에게 들이고 세대삿갓 숙여 쓰고 오리정으로 나가 이 도령을 기다리니라.

이때 이 도령 나와 춘향과 이별할 제, 이별이야, 이별이야, 청강의 원앙새 놀다 떠나간 듯하고 광풍의 날린 봉접 가다가 돌치난 듯 석양은 재를 넘고 정마는 슬피 울 제 나삼을 부여잡고 한숨짓고 눈물지니, 이 도령이 이르기를,

"그런 사랑한테 만나 이별 말자, 백년기약 죽지 말자, 한데 있어 잊지 말자, 처음 맹세 일조에 이별할 줄 어이 알리."

춘향이 거동 보소. 아미를 나직하고 옥 같은 귀 밑에 진주 같은 눈물을 흘리면서 이별주를 가득 부어 이 도령님께 권하면서,

"첫째 잔은 인사주요, 둘째 잔은 근원주요, 셋째 잔은 이별주오니 부디부디 백년기약 잊지 마오."

이 도령 이르는 말이,

"오냐, 춘향아, 부디 잘 있거라."

춘향이 여짜오되,

"도련님 경성에 올라가셔서 절대가인 미색들과 영웅호걸 문장들 데리고 밤이면 가무하고 낮이면 풍악할 제 날 같은 천첩이

야 손톱만치나 생각할까? 날만 날만 데려가오! 우리 둘이 만날 적에 일월로 본중 삼고 산천으로 증인 삼아 떠나가지 말잤더니 간단 말이 웬 말이요. 죽어 영이별은 남대로 하려니와 살아 생이별은 생초목에 불이 붙네. 날만 날만 데려가오! 쌍교는 금법이요 독교는 내가 싫소. 어리렁 청청 걷는 말게 반부담 정이 지어 날 데려가오!"

이 도령 이르는 말이,

"울지 말고 잘 있거라. 네 울음 한 소리에 이 내 일촌간장 다 녹는다. 내 너 데려갈 줄을 모르랴마는 양반의 자식이 하방에 천첩하면 문호에 욕이 되고 사당 참례 못 하기로 못 데려가나니 부디 부디 좋이 있거라. 어린아이 너무 울면 목도 쉬고 눈 붓노라. 울지 말고 좋이 있거라. 수이 다녀오마."

이렇듯이 이별할 제, 방자놈 거동 보소. 와당 퉁탕 바삐 와서,

"아나 이애 춘향아! 이별이라 하는 것이 도련님 부디 편히 가오. 오냐 춘향 네 잘 있거라. 이것이 어째 날이 기울도록 이별이란 말이 된단 말인가? 사또 아시면 도련님 꾸중 듣고 나는 곤장 맞고 너의 늙은 어미 형문 맞고 귀양 가면 네게 유익하리오? 아서라 울지 말고 잘 있어라."

하며 나귀를 채쳐 몰아 이 모롱이 지내고 저 모롱이 지내어 박석티를 넘어서니 요만큼 보이다가 저만큼 보이다가 밤 지내를

지내어 가뭇없이 올라가니, 춘향이 할 일 없어 잔디를 와드득 와드득 쥐어 뜯으며 울 제, 춘향 어미 거동 보소.

*

"없다, 이년아. 우리는 너만 때 행차의로 이별을 여러 번 하였으되 저다지 해 본 일 없다."

하니, 춘향이 대답지 아니하고 할 수 없어 향단이 데리고 집에 돌아와 그날부터 단장을 전폐하고 독수공방 홀로 앉아 이별시를 지어 벽상에 걸었다.

"복의 군신 이별 호지의 모자 이별 역로의 형제 이별 운수의 붕우 이별 이별마다 섧건마는 님 이별 같을쏘냐? 여자몸 생길 제 이별조차 타고 난가? 이별이야 이별이야!"

이때 사또 났으되, 자학골 막바지 변학도라 하는 양반이 있으되 성정이 혹독하여 음정이라 하면 범연치 아니하더니, 이때 남원부가 색향이란 말을 듣고 염문하여 춘향의 어진 이름 반겨 듣고 마음을 진정치 못하던 차에 남원부 하인이 현신하거늘 사또 이방 불러 분부하되,

"네 고을에 양이가 있단 말이 옳으냐?"

이방이 여짜오되,

"소인 고을에 남창에 염소 있고 한량 못된 잘양도 있삽고 고양이도 있삽나이다."

하니, 사또 대로 왈,

"그 양 말고 사람 양이 없느냐?"

이방이 다시 아뢰되,

"소인 골에 안양이란 기생도 있삽고, 난양이란 기생도 있삽나이다."

사또 더욱 대노하여,

"네 고을에 일정 양이란 기생이 그뿐이다?"

이방이 아뢰되,

"월매 딸 춘향이란 기생 있으되 구관 사또 자제 이 도령님과 백년기약 맺어 수절하나이다."

사또가 춘향이란 말을 듣고 내심에 대희하여 하는 말이,

"어허, 그러하면 춘향이 평안히 계시냐?"

이방이 아뢰되,

"무고히 있나이다."

"그러하면 이제 치행 차려 명일에 득달 못 할까?"

이방 아뢰되,

"천리마 있으면 금일 내 득달하려니와 천리마 없사오니 대죄

하나이다."

"그러하면 행차를 급히 차리라."

이방이 청령하고 차릴 적에 구름 같은 별연 독교 좌우 청장 높이 괴고 일산 우산은 일광을 가렸고 남대문 밖 썩 나서 칠 패 팔 패 배다리 건네어 저른 궁중 진정마 권마성이 서뚜하다. 하인 호사 보소. 이방 수배 감상 공방은 한산 모시 청직령에 걸는 단을 좋은 말게 가진 부담 지어 타고, 통인 한 쌍 호사 보소. 성천주 부산 배자 체도 있게 지어 입고 유문 항라 허리띠에 왜청 우단 도리 낭자 당팔사 가진 매듭 맵시 있게 꿰어 차고, 갑사쾌자 남전대 띠를 띠고 착전립이 새가 난다. 도군로 호사 보소. 산수 털벙거지 남일광 안을 바쳐 갑사 갓끈 달아 쓰고, 은색 수주 누비 돌지 양색단 등거리 남색 수건을 옳게 달아 어깨 위에 펄렁펄렁, 소리 좋은 왕방울은 걸음을 따라 얼그렁 덜그렁, 도사령 거동 보소. 홍철릭에 홍광단 띠를 띠고 치 같은 공작을 요동치 않게 달아 쓰고 일산 밑에 갈라서서 호기 있게 내려온다.

감영에 들어와 객사에 연명하고 영문에 잠깐 다녀 이날 오수에 숙소하고 도임차로 육방관속 차례로 시위하고 사십 명 기생은 채의단장 착전립에 쌍쌍이 말을 타고 전후좌우로 시위하고 군악사령 긴 소래 반공에 높이 난다.

"하마포대 포수 방포 일성하라."

"에이!"

"통텡!"

사또는 백성에게 무섭게 하느라고 눈을 둥글둥글, 객사에 연명하고 동헌에 좌기한 삼일 후에 육방하인 점고받고,

"기생 점고 바삐 하라!"

호장이 기생안 책 펴놓고 호명을 부르는데,

"우후동산 명월이."

들어올 제 자주 당혜 끌면서 얌전하게 들어오더니 공수하고,

"나오."

"남산 봉황이 죽심을 물고 벽오동에 길 드리니 산수지영의 백청지장이라. 기불탁수 군은 절개 만수문전의 채봉이."

"나오."

채봉이 들어오는데 홍상 자락을 걷어다가 세류흉당에 딱 붙이고 아장아장 이죽거려 가만가만 들어오더니, 점고 맞고 좌우 진퇴로 나아간다.

사또 보시더니,

"여봐라, 조사 부르라!"

호장이 분부 듣고 넉자화두로 부른다.

"운담풍경은 근오천에 양유편금의 앵앵이."

"예, 등대하왔소."

"죽실 찾는 저 봉황 소상강변 날아드니 훨훨 헛쳐 중엽이."

"예, 등대하왔소."

"송하의 저 동자 묻노라 선생 소식, 수십 청산의 운심이."

"예, 등대하왔소."

"월중의 높이 올라 계화를 꺾어 내니 애절이."

"예, 등대하왔소."

"차문주가 하처재오. 목동요지 행화."

"예, 등대하왔소."

"아미산 월반륜추에 영입평강 강선이."

"예, 등대하왔소."

"오동 복판 거문고, 타고나니 탄금이."

"예, 등대하왔소."

"팔월부용 군자용 만당추수 홍연이."

"예, 등대하왔소."

"주홍당사 갖은 매듭 차고 나니 금낭이."

"예, 등대하왔소."

"이 산 명월 저 산 명월, 양산 명월이 다 들어왔느냐?"

"예, 등대하왔소."

사또 다시 분부하되,

"한참에 근 이십 명씩 불러라!"

호장 분부 듣고, 자주 부르는데,

"양대선이, 월중선이."

"예, 등대하왔소."

"금선이, 금옥이, 금연이."

"예, 등대하왔소."

"농옥이, 난옥이, 홍옥이."

"예, 등대하왔소."

사또 분부하되,

"기생 점고 다하여도 춘향인 여기 없단 말이냐?"

호장이 여짜오되,

"구관 사또 자제와 백년기약 맺어 수절하여 있삽네다."

사또 진노하여,

"제가 수절하면 우리 마누라는 기절할까? 바삐 부르라!"

방울이 덜넝 사령이,

"예, 춘향을 바삐 부르라!"

사령놈 하는 말이,

"걸리었다. 걸리었다. 춘향이 걸리었다. 좋을씨고 좋을씨고 양반 서방 얻었노라 하고 도고함도 도고하고 도랑 터니."

춘향이 벌써 저 잡으러 온 줄 알고 문을 열고 내달아, 김 번수며 이 번수의 손을 잡고,

"이리 오소, 이리 오소. 이번 신연 길에 노독이나 아니 나 계신가? 도련님 서간 한 장도 아니 오던가?"

방으로 들여앉히고 주찬으로 대접하고 온 연고를 물은데,

"신관 사또 분부 모시고 너를 잡으러 왔으되, 너를 보니 잡아 갈 길 전혀 없다."

한데, 춘향이 궤를 열고 돈 닷 냥을 내주며 왈,

"가다가 한 때 주채나 하고 가소."

사령 등이 술을 취케 먹고 돈 받아 요하에 차고 주정하며 하는 말이,

"너의 죄는 우리가 당하마. 곤장에 자갈 박아 치며 태장에 바늘 박아 치랴."

하고, 들어가 아뢰되,

"춘향 잡으러 갔던 사령이옵더니, 아뢰나이다. 춘향을 잡으러 갔삽더니 어제 죽어 그저께 초빈하였삽더이다."

또 한 놈 아뢰라 호령하니, 또 한 놈이 다시 아뢰되,

"춘향이 집에 가니 춘향이 돈 닷 냥과 술을 많이 주옵기로 먹삽고 차마 잡아 오지 못하와 그저 오다가 그 돈으로 술 사 먹고 재전이 다만 양 두 돈 오 푼이오니 이놈이나 사또 쓰시고 소인의 택으로 그만저만 마옵소서."

사또 대로하여,

"저놈들을 일변 질욕 하옥하고 춘향을 바삐 잡아 대령하라!"

호령한데, 청령사령 거동 보소. 썩 내달아,

"춘향아, 바삐 가자서라."

춘향이 할 수 없어 수절하던 그 태도로 들어가 청령하니, 사또 춘향을 보고 바삐 오르라 하신데 춘향이 대답하여 아뢰되,

"무슨 분부온지 알어지이다?"

"네 무슨 잔말하느냐! 어서 바삐 오르거라!"

춘향이 올라가 앉으니 책방의 목낭청을 부르니 낭청이 들어와 앉거늘 사또 이른 말이,

"자네 알거니와 평양 감영 갔을 제 저러한 어여쁜 아희 보고 한 손에 돈 두 푼도 주었제? 그 아희 매우 어여쁘제?"

낭청이 대답하되,

"그 아희 어여뿐이다."

"저 아희 일색이제?"

낭청이 대답하되,

"제 일색이요."

"자네 왜 나의 하는 대로 하는가?"

"예, 나의 하는 대로 하옵니다."

"어, 그것 고이한 것이로고!"

낭청 대답하되,

"어, 그것 고이한 것이로고!"

"이것이 무엇이니?"

"어, 이것이 무엇이니?"

사또 대로하여,

"이제 올라가라!"

하고, 춘향에게 분부하여 이르는 말이,

"몸단장 정히 하고 오늘부터 수청하라! 수청하거드면 관청고가 네 반찬이 될 것이요, 관수미가 네 곳집이 될 것이요, 관고 돈이 다 네 돈이 될 것이니 잔말 말고 수청 들라!"

춘향이 여짜오되,

"충불사이군이요 열불경이부절을 본받고자 하옵거늘 분부 시행 못 하겠소."

"잔말 말고 수청하라!"

춘향이 아뢰되,

"죽으면 죽사와도 분부 시행 못 하겠나이다."

"제 무슨 잔말 하는고? 이제 바삐 수청 들라!"

춘향이 아뢰되,

"사또님은 세상이 변하오면 두 무릎을 꿇어 두 임금을 섬기려 하시나이까?"

사또 이 말을 듣더니 목이 메어 낭청에게 이른 말이,

"저년이 날더러 욕하였제?"

"예, 그년이 사또를 역적이라 하옵니다."

사또 대로하여,

"이년 급히 잡아내리라!"

좌우 통인이 춘향을 차 내리치니 뜰아래 급창이며 사령 등이 벌 떼같이 달려들어 춘향의 감태 같은 머리채를 선전 시전의 연실 감듯 사월 파일 등대 감듯 뱃사공의 닻줄 감듯 휘휘친친 감아 잡고 넓은 대뜰 아래 동댕이 쳐 내리니 김 번수 이 번수며 오른 어깨를 빼 들고, 일분 사정 두는 동관이면 박살시키리라 약속을 하고 춘향을 동틀에 빗겨 매고, 사정이 거동 보라.

태장이며 곤장이며 능장이며 형장 한 아름을 동틀 밑에 좌르륵 펼쳐 놓고 팔을 빼어 형장을 고른다. 이놈도 잡고 능청능청, 저놈도 잡고 능청능청. 그중에 등심 좋고 잘 부러지는 놈 골라 잡고 저만큼 물러갔다가 도로 왈칵 달려들어, 사또 보는 데는 윗령이 지엄키로,

"이년 꼼짝 말라!"

사또 아니 보는 데는 속말로 말하기를,

"여봐라 춘향아, 어쩔 수 없구나. 요 다리는 요리 틀고, 저 다리는 저리 틀어라."

"매우 때려!"

"잇! 때리요."

첫째 낱을 딱 붙이니 부러진 형장 가지는 공중에 빙빙 솟아 상방 대뜰 밑에 떨어지고, 춘향은 아무쪼록 아픈 것을 참으려고 고개만 빙빙 두르면서

"애고, 이 지경이 웬일이요."

개개이 고찰하는 게 십창가가 되었구나!

"일부종사하올 년이 일심으로 굳었으니 일력으로 하오리까?"

둘째 낱을 딱 붙이니,

"불경이부 이내 심사 이 매 맞고 죽인대도 이 도령은 못 잊겠소!"

셋째 낱을 딱 붙이니,

"삼종지도 지중한 법 삼강오륜 알았으니 삼치형문 정배하여도 분부 시행 못 하겠소!"

넷째 낱을 딱 붙이니,

"사대부 사또님은 사기사를 모르시요? 사지를 갈라내어 사대문에 회시하여도 사부집 도련님은 못 잊겠소!"

다섯째 낱 딱 붙이니,

"오매불망 우리 사랑 오늘이나 소식 올까, 내일이나 기별 올까?"

여섯 일곱 딱 붙이니,

“육시하여 쓸데 있소. 칠척검 드는 칼로 동동 장그르지 형장으로 칠 것 있소?”

여덟째 날 딱 붙이니,

“팔도방백 수령님께 치민하러 내려왔지 학정하러 내려왔소?”

아홉째 날 딱 붙이니,

“구곡간장 흐르는 눈물이 구천에 사무치니 죽인대도 쓸데없소!”

열째 날 딱 붙이니,

“십실부로도 충열이 있삽거든, 고금 허다 창기 중에 열녀 하나 없으리까?”

열 고 짐작할까? 열다섯 딱 붙이니,

“십오야 밝은 달은 떼구름에 묻혔는 듯.”

스물 치고 짐작할까? 스물다섯 딱 붙이니,

“이십오현탄야월에 불승청원객비래라.”

삼십도에 맹장하니 옥 같은 두 다리에서 유수같이 나는 피는 두 다리에 어리었네.

춘향이 점점 포악하되,

“소녀를 이리 말고 살지능지하여 아주 박살시켜 주면 초혼조

넋이 되어 적막공산 달 밝은 밤에 도련님 계신 곳에 나아가 파몽이나 하여이다!"

말 못 하고 기절하니 엎드렸던 형방도 눈물짓고, 매질하던 집장사령도 혀를 끌끌.

"사람의 자식은 못 보겠다. 모지도다, 모지도다! 우리 사또 모지도다! 저것을 때리면 땅이나 치제. 저것 몸에 매질하다니. 모지도다, 모지도다! 우리 사또 모지도다! 가세 가세 어서 가세. 사람은 차마 못 보겠네!"

사또는 그저 분이 남아,

"네 그년 항쇄족쇄하고 칼머리에 인봉하여 엄수 옥중하라!"

하니, 사령이 분부 뫼와 춘향을 등에 업고 삼문 밖 나올 때, 춘향이 통곡하여 이르는 말이,

"국곡투식하였던가 엄형 중장 무슨 일이며, 살인죄인 아니어든 항쇄족쇄 엄수 옥중 무슨 일일꼬?"

하고 통곡할 제,

이때 남원 기생들이 춘향이 매 맞고 죽게 되었단 말을 듣고 끼리끼리 동무지어 이름 불러 나오는데,

"애고 형님!"

"애고 동생!"

"춘향아!"

조그마한 동기는,

"애고 선생님! 청가묘무를 뉘한테 배우리까?"

한참 이리할 제, 어떤 기생 하나가 춤추며 나오는데,

"얼시구 절시구 좋을시구!"

기생들이 듣더니,

"저년 미쳤구나! 춘향은 매를 맞고 죽게 되었는데 너는 무슨 혐의 있어 춤을 추고 즐기느냐?"

"형님네 들어 보소. 해서 기생 농선은 동설령에 죽어 있고, 평양 기생 월선은 소섭의 목을 베어 김 장군께 드리고 천추혈식하였고, 진주 기생 논개는 왜장의 목을 안고 남강에 떨어졌기로 천추에 행사하였으니, 우리 남원도 형판감이 생겼구나!"

한참 이리하더니 와락 달려들어 춘향의 목을 안고,

"애고, 서울 집아! 불쌍하여라!"

춘향 어미 달려들어,

"이게 웬일이냐? 장청의 집사네 질청의 이방님네, 내 딸이 무슨 죄로 이리 죽게 때렸다뇨? 칠십 당년 늙은 것이 의지 없이 되었구나! 여봐라 향단아! 삼문 밖에 급히 나가 삯군 둘만 사 오라! 서울 쌍급주 보낼란다."

춘향이 혼미 중에 급주 보낸단 말을 듣고,

"앗소! 어머님. 그게 무슨 말씀이요? 만일 급주가 서울 올라가서 도련님이 알고 보시면 층층시하에 어쩔 수 없어 심사 울적하여 병이 되면 근들 아니 훼절이요? 그런 말씀 마시고 옥으로 가사이다."

이때 남원 한량 거숙이 무숙이 평숙이 진숙이 여숙이 부숙이 차문주가 하올 적에 춘향이 중장하고 나옴을 보고 깜짝 놀라 달려들어 춘향 손을 덥석 잡고,

"업다! 이애, 정신 차려 진정하라. 동변을 들여라! 소합환을 들여라! 청심환을 들여라!"

무숙이 썩 내달아,

"내 줌치에 있던 이라."

"그러면 내어주소."

청심환 한 줌 내어주니 토끼 똥이 분명하다. 거숙이 내달아,

"내 줌치에 수하반 있던 이라."

하고,

"강즙에 급히 먹이라!"

하고, 춘향 불러,

"정신 차려 진정하라!"

평숙은 칼머리 들고, 진숙은 부축하여 옥중으로 들어가서 옥방을 점화하여 뉘어 놓고 위로할 제, 춘향이 정신 차려 통곡하며 우는 말이,

"송백 같은 굳은 절개 추호도 범할쏘냐."

옥방 형상 볼작시면, 무너진 헌 벽이며 부서진 죽창 문에 살 쏘나니 바람이요, 헌 자리 벼룩 빈대 만신을 침노하고, 흐트러진 머리카락은 이리저리 산발하고 수절 정절 절대가인 참혹케 되었구나! 문채 좋은 형산 백옥 진토 중에 묻혔는 듯, 향기 좋은 산삼초가 잡풀 속에 섞였는 듯, 오동 속에 노는 봉황 형극 속에 길들인 듯, 이렇듯이 울 적에,

"자고로 성현네도 무죄이 국겼으니 요·순·우·탕 임금네 걸주의 포악으로 함진옥에 갇혔더니 도로 내어 성군 되고, 명덕치민 주문왕도 상주의 음학 유리옥에 갇혔더니 도로 내어 성군 되고, 만포성인 공부자도 양호의 얼을 입어 관야에 갇혔더니 도로 내어 대성되시니, 이런 일로 볼작시면 무죄한 이 내 목숨 살아나서 세상 구경 다시 할까? 갑갑하고 원통하다! 내 살릴 이 뉘 있는가? 우리 서방 이 도령님 처음 언약 맺을 적에 날 주던 석경 빛은 변치 아니하였건마는 사오 년이 지내가도 소식이 돈절하니 보고 지고 보고 지고. 어찌 그리 못 보는고? 아주 잊고 못 보는가? 춘수만사택하니 물이 깊어 못 오던가? 하운은 다기봉하니 산이 높아 못 오던가? 독조한강설하니 눈이 막혀 못 오던가? 만경에 인족멸하니 종적을 몰라 못 오던가? 노중에 노무궁하니 길이 멀어 못 오던가? 금강산 상상봉이 평지 되거든 오시려

나? 병풍에 그린 황계 두 날개를 툭툭 치며 자시말 축시초에 날새려고 괴꼬요 울거든 오시려나? 오늘이나 소식 올까? 내일이나 기별 올까? 그린 지도 오래거니와 이렇듯이 죽어 갈 제 벼슬길로 내려와서 죽을 나를 살려 놓고 설치하련만은 소식조차 돈절하고 종적이 끊겼으니 죽을 밖엔 할 수 없네. 밥 못 먹고 잠 못자니 몇날 며칠을 살더란 말이냐! 애고 애고 내 일이야!"

비몽사몽간에 호접이 장주 되고 장주가 호접 되어 세류같이 남은 혼백 바람인 듯 구름인 듯 한 곳을 당도하니 천공지활하고 삼영 수레하니 은은한 죽림 속에 일진화각이 반공에 잠겼더라.

대체 귀신 다니는 법은 대풍여기하고 승천입지하여 침상판시의 일장춘몽의 말이 강가로 가던가 보더라. 아무덴 줄 모르고서 문밖에 방황할 제 소복한 임 쌍등을 돋우어 들고 앞길을 인도하거늘 뒤를 따라 들어가니 백옥 현판에 황금대자로 만고정렬 황릉 묘라 뚜렷이 새겼거늘 심신이 황홀하여 진정키 어렵더니, 당상에 백의한 두 부인이 옥수를 넌지시 들어 춘향을 청하거늘, 춘향이 사양하되,

"첩은 진세 친인이오니 어찌 황릉 묘를 오르리까?"

부인이 기특히 여겨 재삼 청하거늘, 춘향이 사양치 못하여 올라가니 부인이 기꺼하여 좌를 주어 앉힌 후에,

"네가 춘향이냐? 기특한 사람이로다. 조선이 비록 소국이나

예의 동방 기자유친이라 청루주색 번화장에 저런 절행 있단 말인가? 일전에 조회차로 요지연에 올라가니 네 말이 천상에 낭자키로 가리어 보고 싶은 마음 일시 참지 못하여 네 혼백을 만리밖에 청하여 왔으니 심히 불안하다."

춘향이 이 말 듣고 공손히 일어나 두 번 절하고 여짜오되,

"첩이 비록 무식하나 고서를 보아 일찍 죽어 존안을 뵈올까 하였더니 이렇듯 황릉 묘에 모시니 황공하고 비감하여이다."

상군 부인이 하시는 말씀,

"춘향아 네가 우리를 안다 하니 설운 말을 들어 보라. 우리 순군 유우 씨 남순행하시다가 창오산에 붕하시니 속절없는 이 두 몸이 소상 대수풀 속에 비 눈물 뿌리어 놓으니 가지마다 아롱아롱 잎잎이 원한이라. 창오산 붕상수절이라야 죽상진규내가면이라. 천추에 깊은 한을 하소할 곳 없었더니 네 절행이 기특키로 너에게 말하노라. 송건기천년에 청백은 어느 때며 오현금 남풍시를 이제까지 전하더냐?"

이렇듯 설이 울 제 저편에서 어떤 부인이 추추히 울면서,

"여봐라 춘향아! 너가 나를 모르리라. 나는 뉜고 하니 지주명월 음도성에 화선하던 농옥이다. 소사의 아내로서 태화산 이별 후 승용비거 한이 되어 옥소로 원을 풀 제 곡종비거부지처하여 산하벽도춘자개라."

이렇듯 슬피 울 제 서편에서 어떤 부인 추추히 울면서,

"여봐라 춘향아! 네가 우리를 모르리다. 우리는 뉜고 하니 석숭의 소애 녹주로다. 불측한 초왕 윤이 누천갑자분여설하여 정시화비옥새시라. 낙화유사타루인하여 두 사람이 비홍이라."

이렇듯이 설피 울 제 음풍이 대작하고 남기 소삽더니 촛불이 벌렁벌렁, 무엇이 떨거렁 하더니 촛불 앞에 달려들거늘 춘향이 깜짝 놀라 자세히 살펴보니 사람도 아니요 귀신도 아니요 불타진 나무둥치도 아닌데 의의한 가운데 대곡성이 낭자하며,

"어이 어이! 여봐라 춘향아! 네가 나를 모르리라. 나는 뉜고 하니 한고조 아내 척부인이로다. 우리 황제 용비후에 여후의 독한 솜씨 나의 수족 끊어 내어 두 귀에다 불 지르고 두 눈 빼어 음약 먹여 칙간 속에 넣더니 천추에 깊은 한을 어느 때나 풀어 보랴? 어이 어이!"

이리 한참 울 제 상군 부인이 하시는 말씀,

"이곳이라 하는 데는 유명이 노수하고 행오자별하니 오래 유치 못할지라."

여동 불러 하직할 새 동방 실솔성은 시르륵, 일장 호접은 펄펄, 춘향이 깜짝 놀라 깨어 보니 꿈이로구나! 옥의 창에 앵도화 떨어지고 저 보던 거울 복판이 깨어져 보이고 문 위에 허신이 달려 보이거늘,

"나 죽을 꿈이로구나! 허허."

탄식하고 누웠다가 저의 모친 불러 이른 말이,

"봉사 하나 청하여 주오. 해몽이나 하여 보세."

마침 외촌의 허 봉사가 춘향 죽인단 말을 듣고 위문차로 들어오다 또랑을 건너뛰다가 자빠져 개똥을 짚어 놀라 뿌리다가 담돌에 부딪쳐 엉겁결에 입에 무니 구린내가 남에 탄식하며 하는 말이,

"명천이 사람을 낼 제 별로 후박이 없건마는 말 못 하는 벙어리도 부모동거 친지만물을 보건마는 어찌 이내 신세 앞 못 보는 맹인 되어 흑백장단을 모르는고."

옥중의 춘향이 봉사 지나감을 알고 사정이 불러 봉사를 청하니, 봉사 들어와 앉으며 하는 말이,

"내 네 소식을 듣고 벌써 한순이나 와서 볼 때, 빈즉다사라 이제야 보니 무안토다."

발명하니 춘향이 대답하여 인사하되,

"요사이 봉사님 기체 안녕하시니까? 나는 신수가 불길하여 이 고생이 웬 고생이니까?"

봉사가 말하기를,

"인명은 재천이라 설마한들 죽으랴."

하고, 장처가 어떠하냐 하며, 내 만져 보자 하고 손이 점점 깊이

오거늘 춘향이 깜짝 놀라며 하는 말이,

“애고, 봉사님. 웬일이요? 봉사님 내 부친 생시에 나를 가지고 서로 하시기를 내 딸, 내 딸이제 하시더니 부친은 일찍 돌아가시고 봉사님을 뵈오니 부친 뵈오나 다름없나이다. 그러나 저러나 간밤 꿈 해몽이나 하여 주오. 간밤 몽사가 여차여차 하오니 해몽하여 보옵소서.”

봉사가 다시 말하기를,

“네 무슨 꿈이더냐?”

춘향이 대답하되,

“단장하던 거울 한복판이 깨져 보이고, 옥창에 앵두화 떨어져 보이고, 문 위에 허수아비 달려 보이오니, 그 아니 흉몽이니까?”

봉사 침음양구에 산통을 내들고 흔들며 축사를 외우거늘, 축사에 왈,

“천하언재며 지하언재시리요. 고진숙응하나니 감이순통하사 금우태세 모년 모월 모일 남원 천변리 거하는 임자 생신 열녀 성춘향이 엄수 옥중하였으니 경거하는 이가 양반을 어느 때에 만나 보며 하일 하시에 방사옥중하오며 몽사 길흉 여부를 상지하니 복걸실명 소시하옵고 감이순통하소서.”

점을 다한 후에 눈을 희번덕이며 글 두 귀를 지었으되,

“화락하니 능성실이요 파경하니 기무성가? 문상에 현우인하

니 만인이 개앙시라. 이 글 뜻은 옥창에 앵두화 떨어져 뵈니 능히 열매 열 것이요, 거울이 깨져 뵈니 어찌 소리 없으며 문 위에 허수아비 달렸으니 일만 사람이 우러러볼 꿈이라."

"어허, 이 꿈 잘 꾸었다! 쌍가마 탈 꿈이로다. 너의 서방 이 도령이 지금 고추 같은 벼슬 띠고 오니 내일 정녕 만나리라. 너는 과도히 설워 말라. 때를 잠깐 기다려라."

봉사가 가며 일정 두고 보라더니, 마침 이때 까마귀 옥담에 앉아 가옥가옥 울거늘 춘향이 탄식하기를,

"여보 봉사님. 저 까마귀 날 잡아갈 까마귀 아니요?"

봉사 이른 말이,

"까마귀 출처를 들어 보아라. 가옥가옥 하는 뜻은 가 자는 아름다울 가 자요, 옥 자는 집 옥 자라. 너의 집에 경사 있을 징조로다."

하고 간 연후에 춘향이 점서 벗겨 놓고 오늘이나 소식 올까, 내일이나 기별 올까 바라더니, 이때 이 도령님은 서울로 올라가서 춘향 상봉하자는 마음 구곡에 맺고 맺혀 사서삼경 백가어를 주야 읽고 쓰니 짝이 없는 명필이라.

국가에 대경사로 태평과를 보이실 제 서책을 품에 품고 장중에 들어가 좌우를 둘러보니 억조창생 허다 선비 일시에 숙배한다. 어악풍류 소리에 앵무새가 춤을 춘다.

대제학 택출하여 어제를 내리시니 도승지 모셔 내어 홍장 위에 걸어 놓으니 글제에 하였으되, '춘당춘색고금동'이라 뚜렷이 걸었거늘, 이 도령 글제를 살펴보니 평생 짓던 바라.

시지를 펼쳐 놓고 해제를 생각하여 왕희지 필법으로 조맹부체를 받아 일필휘지 선장하니, 상시 관시 글을 보시고 자자이 비점이요 귀귀이 관주로다. 상지상등을 휘장하여 금방에 이름 불러 어주로 사송하니 천고에 좋은 것이 급제밖에 또 있는가.

삼일유가한 연후에 전하께옵서 친히 불러 보시고,

"네 재주는 조정에 드문지라."

도승지 입시하사 전라어사를 제수하시니 평생소원이로다.

마패 하나 유척 일동 사모정 일벌 수의 일벌을 내주시니 전하께 하직하고 본댁으로 나아갈 제, 철관풍채는 심산맹호 같은지라. 집으로 돌아와 부모 전에 뵈온 후에 선산에 소분하고 전라도로 내려올 제, 남대문 밖 썩 나서 청파역에 말 잡아타고 칠패 괄패 배다리를 얼른 넘어 밥전거리를 지내어 동작강 얼른 건너 남태령을 바삐 넘어 과천에 숙소하고, 상류천 하류천 대판교 떡전거리 진개울 죽산 자고 천안 김계역 말 갈아타고, 역졸에게 분부하고 금강을 얼른 건너 높은 한길 여기로다.

소개 널티 무덤이 경천 중화하고 노성 풋개 사다리 닥다리 황화정이 여산 숙소하고 서리 불러 분부하고 전라도 땅이로구나.

거기서부터는 어사 모양 차릴 적에 철태 없는 헌 파립 노 갓끈 달아 쓰고 편자만 남은 헌 망건에 갓풀 관자 종이 당줄 두통나게 졸라 쓰고, 다 떨어져 깃만 남은 도포에 삼동은 헌 복띠를 흉복통에 눌러 매고 뒤축 없는 헌 길목 그렁저렁 걸어 신고, 세살부채 손에 들고 서리 역졸 불러 약속하고,

"너희는 이제로 발행하여 고산, 진산, 무주, 용담, 진안, 장수, 운봉으로 넘어, 아무 달 아무 날에 남원 읍내로 대령하라!"

중방 불러 분부하되,

"너는 이제 발행하여 김제, 임피, 금구, 태인, 고부, 영광, 나주, 보성, 순천, 곡성으로 넘어, 아무 달 아무 날에 남원 읍내로 대령하라."

은근히 분부하고,

어사또는 감영으로 들어올 제, 경기전, 오목대, 한벽루를 구경하고 남천교 얼른 건너 반수역에 중화하고 노구바위, 임실, 오수역에 숙소하고 생각하니, 춘향 얼굴 눈에 삼삼 귀에 쟁쟁하여 지팡막대 검쳐 잡고 흐늘흐늘 내려갈 제, 이때가 방농 시절이라.

농부 등 수십 명이 술, 밥, 고기 많이 먹고 갖은 풍장 둘러메고 멋이 있게 노는데,

"두리둥퉁퉁 꽹매꽹꽹, 어이여루 상사뒤오. 여보소 농부들아

내 말을 들어 보소! 천리건곤 태평시에 도덕 높은 우리 성군 강구에 문동요라. 순임금의 버금일세. 어이여여루 상사뒤오. 두리둥퉁 쾡매쾡 어이여루 상사뒤오. 모지도다 모지도다! 우리 골 사또가 모지도다! 월삼동취 독한 형벌 몹시도 꽝꽝 때려서 거의 죽게 생겼으되 종시 훼절 아니하고 죽기로만 결단하니 그런 열녀 어디 있나? 어이여루 상사뒤오. 패랭이 꼭지에 계화를 꽂고 매우락기 춤이나 추어 볼까? 어이여여루 상사뒤오. 투둥퉁 쾡매쾡. 어이여여루 상사뒤오. 서마지기 논배미 반달만큼 남었네. 어이여여루 상사뒤오. 네가 무슨 반달이냐? 초승달이 반달이지. 어이여여루 상사뒤오. 은왕성탕 어진 임금 대한칠년 만났도다! 어이여여루 상사뒤오. 하우씨 어진 임금 구년지수 만났도다! 어이여여루 상사뒤오. 이 농사를 어서 지어 왕세국곡 하여 보세. 어이여여루 상사뒤오. 여봐라 농부들아 농사 어서 지어 부모처자 보존하세. 어이여여루 상사뒤오."

이러할 때에 어사 거동 보소. 답두에 올라서며 하는 말이,

"어허 그 농부, 제 밥그릇에 똥 누었고?"

하고,

"저 농부네 말 좀 물어보세."

그중에 젊은 농부 썩 나서며 어사의 멱살을 잡고,

"이놈 이놈! 고약한 놈이라."

할 때에 늙은 농부가 곁에 서 있다가

"마소 마소! 그리 마소! 걸인 죽이면 살인 없나? 이보 이 양반 저보 저 양반, 무슨 말인지 날 데려 하오."

줌치 썩 벌려 주먹에 쥐어 내어 손바닥에 침 탁 뱉어 뜻적뜻적 뜻적일 때 지간에 흐르는 침을 이리저리 훔쳐 곰방대 쑥 잡아 빼어 꾹꾹 뭉쳐 넣어 화로 불끈 잡아당겨 손 불쑥 넣어 이리 뒤적 저리 뒤적 곰방대 쑥 처넣어 두 볼따귀가 오목오목 빨아낼 제, 두 콧구멍에서 내가 홀홀 나며,

"어허, 그 담배 멋 있고!"

어사의 이른 말이,

"이 골 사또 정처 어떠한고?"

농부가 대답하되,

"우리 사또 정처 어떠한 것 있소. 원님은 노망이요, 좌수는 주망이요, 아전은 도망이요, 백성은 원망이니 사망이 물밀 듯하지요."

어사가 다시 묻되,

"들으니 춘향이 사또 수청들 시 분명한가?"

저 농부 골이 나서 하는 말이,

"옥 같은 춘향 몸에 누추한 말 어찌하나? 구관 사또 자제 이 도령인가 난정의 아들인가 춘향과 백년가약 맺었더니, 이 도령

오기만 기다리고 독수공방 빈방 안에 수절하더니, 신관 사또 도임 초에 급히 불러 수청하라 하니 수절이 정절이라. 수청 아니 든다 하고 무죄한 춘향을 옥 같은 두 다리에 독한 형문한 채 맹잘하여 항쇄 수쇄 금수 옥중하여 명재경각하였으니 그러한 선정지관원은 어디 있으랴?"

어사가 농부를 하직하고 남원으로 행하더니, 이때 한 노구가 술을 팔거늘 어사또가 가까이 앉아,

"여보게 주모, 이 고을 춘향이 열녀란 말이 옳은가?"

"애고 여보시요. 비단 열녀라 하리오만 죽은 지 십여 일이요."

어사가 어이없어,

"자네 그게 참말인가?"

"여보 내 말 들어 보오. 일전에 남원 한량들이 춘향을 불쌍히 생각하여 빈소에다 주효를 많이 차려 놓고 축문 지어 올리기에 술, 밥, 고기 많이 얻어먹었소."

어사가 기가 막혀,

"여보게 춘향의 빈소를 가르쳐 주소."

노구가 손을 들어,

"저 건너 반송 밑에 새 빈소가 기요."

어사가 급한 마음에 천방지축 건너가서,

"애고 춘향아! 이게 웬일이냐! 애고, 애고, 춘향아! 네가 이게

웬일이냐!"

한참 이리 야단할 제, 그 빈소가 옹 생원의 빈소로다.

이때에 작은 옹 생원이 빈소를 바라보니 어떠한 소년이 빈소 앞에 꺼꾸러져 방성대곡 슬피 울며,

"춘향아, 춘향아!"

부르며 울거늘, 집에 돌아와,

"형님, 어떤 사람이 어머님 빈소에서 우나이다."

"야야, 그게 외삼촌이다."

"모친 아명이 춘 자 향 자오니까?"

"야야, 그러나 가 보자."

상복을 떨쳐입고 상장막대 걸쳐 잡고, 어이 어이 울며 건너가니 이때 어사가 정신없이 잔디를 와드득 쥐어뜯으며,

"애고 애고, 내 사랑아!"

한참 이리 기절할 제, 옹 생원이 사랑이란 말을 듣더니,

"어허, 이게 웬 놈이냐."

상장막대로 어사를 냅다 치니, 어사가 깜짝 놀라서 돌아보니 어떤 상인이 섰거늘 정신없이 일어나서 두 주먹을 불끈 쥐고 몇 십 리를 도망하여 생각한즉 허망하다.

그렁저렁 내려갈 제, 어떤 아희 놈이 신세자탄하는 말이,

"어떤 사람은 팔자 좋아 대광보국 숭록태후 팔도방백 각읍 수

령 다 사는데 요 내 신세 들어 보소. 십 세 안에 양친을 조별하고 길품으로 나서 이관 십 리를 못 나와서 발가락이 아니 아픈 데 없이 다 아프네. 요 내 약한 이 다리로 몇 날 며칠 걸어 서울 가며, 동지장야 긴긴밤에 몇 밤 자고 한양 가리? 조자룡의 용총마가 있거더면 이제 잠깐 가련마는 애고 애고 설운지고. 육백여 리를 언제 갈꼬?"

어사가 마침 지나다가 그 아희 노래를 듣고,

"여봐라 이애, 어디 살며 어디를 가느냐?"

그 아희가 대답하되,

"남원 부사이옵던 구관 사또 자제 이 도령님이 춘향과 백년기약 맺고 가신 후에 소식이 돈절할 뿐 아니라, 방장 형문 맞고 옥중에 갇힌 춘향이 편지 맡아 가는 길이요."

"이애, 그 편지 이리 다오. 네 나를 아니 만났으면 허행을 할 뻔했다."

이 아이가 그 말 듣고,

"그 어인 말씀이니까?"

"네 말을 들어 보아라. 이 도령과 절친 터니라. 그 집이 탕패하여서 풍비낙산하고 가중이 다 비었나니라."

그 편지를 떼어 보니 하였으되,

"두어 자 글을 도련님 좌하에 올리나이다. 복미심하절에 시중 기체후 일향만강하옵시며 복모구구 무림하성지지압. 전라도 남원 천변리 거하는 임자 생신 성춘향은 도련님 올라가신 후에 신관 사또 내려와서 수청 아니 든다 하고 형문 때려 항쇄 수쇄 족쇄하여 엄수 옥중하여 거의 죽게 되었으니 도련님 내려와서 불쌍한 춘향을 살려 주옵소서."

편지 끝에 하였으되,

"기세하시에 군별첩고, 작이동혈우동추라. 광풍반야 우여설하니 하위남원 옥중퇴라."

혈서로 하였는데 평사낙안 기러기 격으로 그저 뚝뚝 찍은 것이 모두 애고로다.

어사가 보고 방성대곡 슬피 우니, 저 아이가 하는 말이,

"남의 편지를 보고 왜 우요?"

"엇다! 이애, 남의 편지라도 설운 사연을 보니 자연 눈물이 나는구나!"

"여보! 인정 있는 체하고 남의 편지 눈물 묻어 찢어져요. 그 편지 한 장 값이 열닷 냥이요. 편지 값 물어내요."

"여봐라! 이 도령이 내려오는데 내일 오 시에 남원으로 나와 만나기로 언약하였으니 나를 따라가서 답장 맡아 가거라."

그 아이가 곧이 아니 듣고서,

"서울이 저 건너로 아시오?"

하거늘 어사가 이상한 것을 뵈니, 저놈이 보고 물러나며,

"그것 어디서 났소?"

"이놈 만일 천기 누설하였다가는 성명을 보존 못 하리라!"

아이를 하직하고 남원으로 내려올 제 박석티를 올라서서 좌우산천 둘러보니 산도 예 보던 산이요, 물도 예 보던 물이라.

"광한루야, 잘 있더냐? 오작교야, 무사하냐? 객사청청유색신은 나귀 매고 놀던 데요, 양유청청 도수린은 우리 춘향 추천 매고 놀던 데라."

그렁저렁 춘향 문전 다다르니 들축 죽백 전나무는 단장 안에 홀로 서고 빗장전 누운 개는 기운 없이 졸다가 구면객을 몰라보고 꽝꽝 짖고 내다르니,

"요 개야 짖지 마라, 주인 같은 손이로다!"

화정을 살펴보니 화간의 학두루미는 짝을 잃고 한 마리 남은 것이 개에 물려 그러한지 부러진 날개 땅에 끌면서 난간 담을 넘으려고 한 발을 오그리고 자른 목 길게 빼어 낄룩 뚜루룩 징검징검 나오는 양을 어사또 보시더니,

"이면부지 하처거요, 도화의구소춘풍이라. 가이인혀여 부려조로다만은 너의 주인 어디 가고 네가 나와 반기느냐?"

중문을 바라보니 내 손으로 쓴 글자가 충성 충 자 완연터니 가운데 중 자는 어디 가고 마음 심 자만 남았는데, 광풍을 못 이

겨 기운 없이 펄렁펄렁 사람의 수심을 도와 낸다.

그렁저렁 들어가니 내정은 적막한테 어디서 슬픈 소리 들리거늘 자상히 듣고 보니 춘향 어미 우는 소리라.

후원 정한 곳에 칠성단 정쇄케 하여 새 소반 새 사발에 정화수를 받쳐 놓고 애연히 비는 말이,

"비나이다! 비나이다! 남도 칠성님전에 비나이다! 사해용왕 제불 보살 화위동심하와 다 굽어보옵소서. 무남독녀로서 근근이 길러 내어 어진 사람 도령님과 백년기약 깊이 맺어 영귀할까 바랐더니 새 사또 도임 초에 수청 아니 든다고 몹시도 꽝꽝 때리어 방재옥중하여 기지사경이오니 올라가신 도련님이 청운에 높이 올라 전라도 감사, 전라 어사나 양단간에 하여 내 딸 춘향이 살려 주소!"

하더니 기절하는지라. 어사또 하는 말이,

"내가 우리 선영 음덕으로 벼슬한 줄 알았더니 이제 와 보니 춘향 어미 정성이로다! 춘향 어미 게 있나?"

춘향 어미 나오더니,

"게 뉘가 나를 찾는가?"

"이 서방일시."

"이 서방이라니? 옳지, 이풍헌 아들 이 서방인가?"

"허허, 장모 망녕이로세. 나를 몰라보나?"

"자네가 누군고?"

"내가 누기여. 서울 이 서방 준백이. 할미 사위 나를 몰라?"

춘향 어미 이 말 듣고,

"이게 웬 말인가?"

와락 뛰어 달려들어 어사의 목을 안고,

"애고, 이게 웬 말인가? 이 서방이라니 하늘에서 떨어졌는가? 땅에서 솟아났는가? 바람결에 풍겨 왔는가? 구름 속에 숨어 왔는가? 고관대작 영귀로운가? 한 번 올라가시더니 일장 소식 돈절한가? 이리 오소. 들어가세. 이 몹쓸 사람아!"

끌고 들어가 촛불 앞에 앉혀 놓고 자세히 살펴보니 간음이 확 틀렸구나. 그만 환장을 하여서 후원으로 우루룩 가더니 축수하던 상을 제 담에다 부딪치며,

"남토 신령이 영타더니 기운이 무령하여 공든 탑이 무너지며 심은 남기 꺾어지네. 하느님은 어이하여 죽을 춘향 못 살리며 귀신은 어찌하여 죽을 너를 돌보지 못하는고? 무슨 죄가 대단하여 이리 죄가 지중한고? 애고 이제는 죽었구나! 불쌍하고 가련하다!"

어사또는 눅은 정으로 말을 하는데,

"여보소, 장모. 나를 보고 참소. 내가 시장하여 못 배기겠네. 날 밥 좀 주소."

춘향 어미 이 말 듣고 환장을 하는데,

"여봐라, 향단아! 이 사람 몰아내라. 울화가 나 죽겠다! 너로 하여 몇 사람이 죽는데, 밥 속만 꾸미느냐?"

이때 향단이 옥에 갔다 나오더니 저의 아씨 야단하는 소리에 가슴이 우둔우둔, 정신이 월렁월렁, 정처 없이 들어가서 가만히 살펴보니 전의 서방님이 와 계시구나. 하도 반가워 급한 마음 우루룩 들어가서,

"향단이 문안이오. 대부인 기체후 일행만강 하옵시며 도련님께서도 멀고 먼 천릿길에 평안이 행차하옵시오. 여보시오 아씨! 마오, 그리 마오! 멀고 먼 천릿길에 뉘로 하여 오셨건데, 이 괄세가 웬 일이요? 만일 아기씨가 아시면 지레 야단이 날 것이니 너무 괄세 마옵소서."

부엌으로 들어가서 먹던 밥에 절이김치, 풋고추, 단간장에 냉수 가득 어서 들고 도련님 전에 올리면서,

"더운 진지 할 동안에 시장하옵신데 우선 요기나 하옵소서."

어사 반가워서,

"밥아! 너 본 지 오래로구나!"

여러 가지 것을 한데다가 모으더니 숟가락 댈 것 없이 손으로 뒤적거려서 한데로 몰아치더니 가뭇없이 먹는지라. 춘향 어미 보더니,

"얼씨구! 밥 빌어먹기는 공성이 났구나!"

이때에 향단은 외면하고 돌아서서 저의 아기씨 신세를 생각하고 크게 울진 못하고 칙칙 울며,

"어쩔 거나요, 어쩔 거나요! 도덕 높은 우리 아기씨 어찌하여 살리시려오! 어쩔 거나요. 어쩔 거나요!"

칙칙 울고 섰는 모양, 어사또 보시고 기가 막히어,

"봐라, 향단아! 울지 마라 울지 마라! 너의 아씨 설마 살지 죽을쏘냐. 행실이 지극하면 사는 날 있느니라."

춘향 어미 듣더니,

"애고! 양반이라고. 대체 자네가 왜 저 모양인가?"

"어, 내 말 듣소. 서울로 올라간 바 벼슬줄 떨어지고 사세가 말 못 되어 하는 수 있는가. 우리 아버지는 양주 땅으로 학장질 가고, 우리 어머님은 친정으로 바느질 품 팔려고 가고 본즉, 나는 갈데없어 춘향이나 찾아보고 전백이나 얻어 갈까 하고 내려와서 보니 내 일이 낭패로세. 그러나 춘향이나 좀 보세."

춘향 어미 듣더니,

"애고, 춘향이 생각나는감만. 춘향이 죽고 없네."

향단이 하는 말이,

"지금 문을 닫았으니 바라 치거든 가사이다."

이때 바라를 뎅뎅 치는데, 향단은 잠을 아니 자고 있다가,

"애고 아씨, 바라 쳤나이다. 아기씨한테 아니 가시랴오?"

"오냐. 가자. 등롱에 불 밝혀라!"

향단은 미음상 들고 춘향 어미는 등롱 들고 어사 걸인은 뒤를 따라 옥문간에 당도하니 춘향 어미 거동 보아라. 목장제비하여 실성발광하며 옥문을 꽝꽝 두드리며,

"춘향아, 춘향아!"

이때 춘향은 아무런 줄 모르고서 비몽사몽간에 서방님이 오셨는데, 머리는 금관이요 몸에는 홍삼이라. 식불감 침불안하여 상사일념에 목을 안고 만단정회 못 다하여 부르던 소리에 깨달으니 붙들었던 님은 인홀불견 간 데 없고 칼머리만 붙들었네. 타기황앵 이 문밖에 경첩 몽이 괴이하다.

형장 맞아 죽은 귀신, 태장 맞아 죽은 귀신, 둘씩 셋씩 마주 서서 어이 어이!

이렇듯이 야단할 제, 춘향이 기가 막혀,

"네 이 몹쓸 귀신들아! 네 명으로 네 죽고, 내 명으로 나 죽는데 네 비명으로 나 죽을쏘냐. 엄급 급여율영사파 휫쎄!"

진언 치고 앉았으니, 춘향 어미 듣더니,

"애고 저년, 어미를 보고 귀신으로 알고 진언을 치는구나. 춘향아! 네 이 몹쓸 년아!"

춘향이 모친인 줄 알고,

"애고 어머니!"

"오냐. 내다!"

"애고 어머니는 어찌 달 없는 그믐밤에 누를 보려고 예 왔소?"

"오냐, 왔다!"

"왔다니, 누가 왔소? 날 볼 이가 없건만 게 누라 날 찾아? 기산영 수벌건곤에 소부허유 날 찾소? 양양강수 맑은 물에 고기 낚는 어옹들 술을 신고 날 찾소? 형문 맞고 수년 옥중에 기운이 쇠진하여 촌보할 길 바이없네. 누가 찾아왔소?"

"너의 서방님이 왔다! 주야축수 바라더니 어찌 이 지경으로 되었구나! 네 신세 내 팔자야 서럽고 분한 마음 어찌하여 애를 썩일거나."

춘향이 듣더니,

"이게 웬 말이요? 아까 꿈에 왔던 님이 생시에 왔다니!"

하도 반가워 급한 마음 와락 뛰어 나오잔들 목에는 전모 칼이요, 수족에는 항쇄족쇄, 형문 맞은 다리 장독이 나서 수족을 놀릴 수가 전혀 없네.

만수비봉에 흐트러진 머리 그렁저렁 집어 얹고 이리 비틀 저리 비틀 간신히 나와서,

"애고 서방님 와 계시오?"

"오냐, 내 왔다!"

"애고, 말소리 들어 보니 이전에 듣던 소리로구나! 여봐라 향단아! 등불 이리 대라! 서방님 얼굴이나 좀 보자. 애고, 올라가실 때는 조그마한 하시더니 헌헌장부가 되었구나!"

한참 이리 하더니 아무 말도 없는지라. 춘향 어미 하는 말이,

"애고 저것들 보소. 이것들이 무슨 일을 내는구나! 여보소, 이 서방! 자네 어서 멀리 가소! 공연히 여담절각으로 살인당하리."

춘향이 하는 말이,

"앗소! 어머니 그게 무슨 말씀이오? 여보시오 서방님! 우리 모 하는 말은 속상하여 노망이오니 허물치 마시고 나의 말 들어 보소. 첩의 중심 원하기를 유정낭군 귀히 되어 설치하여 줄까 주야축수 바라더니, 저렇듯이 그릇되어 걸객으로 오셨으니 이도 다 내 팔자라. 한탄한들 쓸데 있나. 여보시오, 어머니. 이제는 하릴없이 십분 구사되었으니 하릴없소. 나 찌르던 금봉채 자개 함농 속에 넣었으니 시문에 내어다가 되는 대로 팔아서 서방님 관망 의복 날 본 듯이 하여 주고, 나는 이미 죽거니와 어머니가 아무쪼록 시시로 공경을 착실히 받들어 천행으로 도련님이 귀히 되시오면 설마 괄세하오리까? 여봐라, 향단아! 너와 나와 정이 어떠하냐? 살아 둘이 부모님 봉양하잤더니 천명이 이뿐인지 나는 이미 죽거니와 너는 어쩌던지 날 본 듯이 봉양타가 우

리 모친 백세후에 세상을 버렸을 때 너의 은공 갚으리라."

어사또 하는 말이,

"여봐라, 춘향아. 그게 다 남이 들으면 웃을 말이로다. 죽더라도 네 모친에게 날 불쌍히 여기게 당부나 좀 하여라."

"애고! 여보 서방님. 그런 말씀 마시고 내 원대로 하여 주오. 내일 본관의 생일이라 잔치 끝에 나를 죽인다 하니, 부디 멀리 가지 말고 삼문 밖에 있다가 집장사령 춘향이 물고하거든 삯군인 체 달려들어 둘러업고 우리 처음 만나 놀던 부용당의 적막하고 고요한 데 뉘어 놓고 서방님 손수 감장하되 나의 혼백을 위로하여 입은 옷 벗기지 말고 그대로 따뜻한 양지에 편하게 묻어두었다가 서방님 귀히 되어 청운에 오르거든 잠시도 두지 말고 서울로 올려다가 구산 하에 묻어 주되 무덤 앞에 비를 세워 비문에 '수절원사 춘향지묘'라 여덟 자만 새겨 주오! 부탁할 말 그뿐이오."

한숨짓고 있는 양은 아무리 철석인들 간장 아니 녹으랴.

이때 어사가 기가 막혀 동원을 바라보며 하는 말이,

"경각에 일이 나겠고."

춘향 어미와 향단이 눈이 붓고 어사또 어찌 울었던지 눈이 붓고 목이 쉬어 사람의 정상을 못 볼러라.

춘향 어미 자탄을 하는데,

"칠십이 불원한 것이 누구를 의지하여 살고? 자네 어디로 가는가?"

"나 갈 데 없네. 자네 집으로 갈라네. 어디로 가든지 따라갈 수밖에 없네."

이때 어사 곰곰 생각하니, 절개 있는 계집이라 밤일을 알 수 없어 단단히 부탁하되,

"여봐라, 춘향아! 내가 서울서 네 소식 듣고 편지 맡아 순영문에 부쳤으니 내일 오시면 백방하리라. 그때는 우리 다시 만나 이 일을 옛 일 삼아 이별 없이 살고 지고 부디 죽지 말고 명일 오시만 기다려라."

하고, 춘향 집에 돌아와 전에 놀던 빈방 안에 전전반측 잠 못 이루어 삼사오경 겨우 지내, 계명성 난 현후에 평명이 되니 본관의 거동 보소.

생일잔치 배설할 때, 구름 같은 차일은 반공에 솟았는데 근읍 수령 모아들 제 청천의 구름 뫼듯 용문산 안개 뫼듯 차례로 들어올 제 곡성, 운봉, 구례, 광양, 순창, 담양, 옥과, 창평, 구읍, 수령 좌우 나졸 일등 미색 각색 풍류 들여놓고 풍악이 낭자한데 헌 갓 쓴 저 걸인이 문밖에 바장이며,

"여봐라, 사령들아! 여쭈어라. 좋은 잔치 당하였으니 술 한 잔 얻어먹자꾸나."

나졸이,

"여보 이 양반!"

등을 밀어내니 걸인이 기둥을 덥석 안고 고함을 지르거늘, 본판 원님 거동 보소.

범같이 성을 내어,

"너 바삐 좇아내라!"

저 걸인 거동 보소.

"술 한 잔 주옵소서. 안주 한 점 먹사이다."

만좌중에 운봉 영장 출반하여 하는 말이,

"그 걸인이 의상은 남루하나 양반의 후예로다. 말석에 올려 앉혀 술 한 잔이나 대접하라!"

하니, 중계에 오르거늘 본관이 대질하되,

"운봉은 진찬하오. 저런 걸인 가까이하면 숟가락 모두 잃는 법이니 맹랑한 짓 하지 마오!"

어사 거동 보소. 두 무릎 정이 꿇고 좌우를 둘러보니 좌상의 모든 수령 취흥이 양양하여 갖은 음식 다 먹으며 빡빡주 한 잔에 콩나물 꼭대기 뭐 떨어진 개상판에 흘염흘염 갖다 놓으니 어찌 아니 분할쏘냐. 연일 불식 굶은 중 기갈이 자심이라. 눈을 궁그려 보니 갈비 한 대 먹고 싶어 부채로 운봉의 옆 갈비를 꽉 찌르니 운봉이 혼이 나서,

"어허! 이 양반 웬 일이요?"

어사 이른 말이,

"갈비 한 대 먹사이다."

운봉 하는 말이,

"달아도 잡수시요."

이렇듯이 진퇴할 제, 본관이 흥을 내어 운자를 부르니라. 기름 고 자 높을 고 자 운이거늘 걸인이 이르는 말이,

"걸인도 아이 적에 추구권이나 읽었더니, 좋은 잔치 참예하여 주효를 포식하였으니 차운 한 수 하여이다."

운봉이 반겨 필연을 내어 주니 좌중이 다 못 하여서 글 한 수를 얼른 지어 운봉 주며 하는 말이,

"좋은 잔치 와 주효를 포식하고 가니 본관의 덕이로소이다."

하직하고 간 연후에, 운봉이 펴 보니 그 서에 하였으되,

"금준미주는 천인혈이요 옥반가효는 만성고라. 촉누낙시에 민누낙이요 가성고처에 원성고라."

그 글 뜻은, 금동우 아름다운 술은 일천 사람의 피요, 옥소반 아름다운 안주는 일만 사람의 기름이라. 촛불 눈물 떨어질 때에 백성의 눈물이 떨어지고 노랫소리 높은 곳에 백성의 원망이 높았더라.

이렇듯이 지어 놓으니 그 아니 명작인가.

운봉 영장 글을 보고 속으로 읊으면서 어사 보고 글 보고, 글 보고 어사 보고 엄동설한 만난 듯이 벌벌 떨며

"하관은 오늘 학질 차례로 부득이 가옵니다."

구례 현감 눈치채고,

"하관은 기민 주러 가나이다."

이렁저렁 흩어질 제, 책방이 눈치채고 삼방하인 수군수군, 여기서 수군 저기서 수군, 서리는 눈을 끔적, 청파 역졸 거동 봐라. 달 같은 마패를 해같이 둘러메고 삼문을 냅다 치며,

"암행어사 출도야!"

한 번을 고함하니 강산이 무너지고, 두 번을 고함하니 초목이 떠나는 듯, 세 번을 고함하니 남원이,

"공형! 공형!"

"공형이 들어가오!"

등채로 휘닥딱.

"애고 허리야!"

"공방! 공방!"

공방이 자리를 둘둘 말아 옆에 끼고,

"안 할라요 하는 공방을 부득이 하라더니, 저 불 속에 어찌 들어가랴?"

등채로 휘닥딱.

"애고, 박 터졌네!"

좌수 별감 넋을 잃고, 이방 호장 정신없어,

"네가 누구냐?"

운봉 곡성 겁을 내어 말을 거꾸로 타고, 삼색나졸 넋을 잃어 어찌할 줄 모르는데, 깨지나니 거문고요, 뒹구나니 북 장구라.

본관의 거동 보소. 칼집 쥐고 오줌 누며, 탕건 잃고 요강 쓰며 갓 잃고 전립 쓰며, 인통 잃고 연상 들며,

"문 들어온다, 바람 닫아라! 물 마르다 목 들여라!"

관청색 상을 읽고 문짝 이고 내다르니, 서리 역졸 달려들어,

"후닥닥."

"애고 나 죽는다! 어찌하여야 이 불을 면할까?"

이때 어사또 분부하되,

"이 고을은 대감이 좌정하시던 데라 사정이 없지 아니하니 헌화 금하고 객사로 자리보전하라."

좌정후에 옥형이 불러 분부하되,

"네 골의 죄인이 몇이나 간히었느냐?"

옥형이 아뢰되,

"다른 죄인 없사옵고, 이 고을 기생 춘향이 관가에게 포악하였기로 옥중에 있습니다."

"바삐 부르라!"

분부가 나니 사정이 거동 보소. 옥문 열쇠 손에 들고 옥문 떨걱 열면서,

“여봐라 춘향아! 썩 나오거라! 수의사또 출도하사 너를 급히 올리라시니 어서 급히 나오너라!”

춘향이 기가 막혀,

“여봐라, 향단아! 서방님 어디 계신가 보라! 어제저녁에 옥문간에 와 계시어 전번이나 당부하였더니 어디를 가셨는지 나 죽는 줄 모르는가?”

정신없이 들어갈 제,

“춘향이 대령하였소.”

“해칼하라!”

“해칼하였소“

어사또 급한 마음 와락 뛰어나와 야단이 날 터인데, 절개 있는 계집이라니 한 번 잘라 보리라 하고,

“너만한 년이 수절한다 하고 관장에게 포악하였으니 살기를 바랄쏘냐? 죽어 마땅하건만 나의 수청도 거역할까?”

춘향이 기가 막히어,

“내려오는 관장마다 개개이 명관이로구나! 수의사또 들으시오. 층암절벽 높은 바위 바람 분들 무너지며, 청송녹죽 푸른 나무가 눈이 온들 변하리까? 그런 분부 마옵시고 이제 어서 죽여

주오!"

어사또 기가 막히어 금낭을 열고 옥지환을 내어 기생 불러 춘향 주라.

춘향이 지환 보고 정신이 혼미하여 어쩔 줄 모르다가 손에다 껴 보더니,

"이전에 낄 적에는 손에 가득 맞더니 그 새 옥중 고생에 몸이 축져 그러한지 헐렁헐렁하는구나."

지환 보고 대상 보니 어제 저녁에 옥문간에 걸객으로 왔던 낭군 어사또 되어 뚜렷이 앉았구나. 반웃음 반울음에,

"얼씨구나 좋을시구! 지화자 좋을시구! 어사 낭군 좋을시구! 남원 읍내 추절이 들어 떨어지게 되었더니 객사에 봄이 들어 이화춘풍 날 살렸다. 목의 칼을 벗겨 놓으니 목 놀리기 좋을시고. 손의 수갑 끌러 놓으니 활개 떨쳐 춤추기 좋을시고. 발의 족쇄 끌러 놓으니 걸음 걷기 좋을시고. 아장아장. 여보 서방님! 내 얼굴 보지 말고 걸음만 보아 짐작하오. 모친은 어디 가고 날 이리 된 줄 모르시나 보다. 이런 때에 만났으면 모녀동락하오리라. 지화자 좋을시고!"

이때에 춘향 어미 삼문 밖에 있다가 춘향 노는 거동 보고 오죽 들어가련만, 어사에게 하도 심하게 하여 차마 들어가지 못하다가 춘향이 찾는 소리에,

"어디 가야, 여기 있다. 사령들아 삼문 잡아라. 어사 장모 들어간다. 오늘 내 눈에 미운 년놈 죽이련다. 사위 사위 어사 사위 좋을시고! 얼씨구절씨구! 어제저녁에 우리 사위 걸객으로 왔었구나! 천기누설 아니하려고 머탱이를 주었더니 그 일 부디 노여 마소. 노여하면 어찌하나. 얼씨구절씨구 지화자 좋을시고! 여보소, 남원 읍내 사람들 내 말을 들어 보소! 아들 낳기 힘쓰지 말고 춘향 같은 딸을 낳아 이런 즐거움들 보소! 얼씨구절씨구! 지화자 좋을시고!"

어사또 반만 웃고 수형리 불러 본관의 전후죄목 낱낱이 적어내어 나라에 장계하고 유죄무죄 옥중의 죄수들을 일병 방송하니 갇혔던 죄인이 춤을 추며 어사를 송덕하여 만세를 부르더라.

전하께옵서 남원 부사 죄목 보옵시고 어사를 칭찬하시어, 춘향은 정렬 가자를 내리시고 어사는 병조판서를 제수하시니, 어사 성은을 축사하시고 춘향과 그 모를 서울로 올려 태평으로 지내더라.

옹고집전

옹달 우물과 옹연못이 있는 옹진골 옹당촌에 한 사람이 살았으니, 성은 옹가요, 이름은 고집이었다. 성미가 매우 괴팍하여 풍년이 드는 것을 싫어하고, 심술 또한 맹랑하여 매사를 고집으로 버텼다.

살림 형편을 살펴보건대, 석숭의 재물이나 도주공의 드날린 이름이나 위세를 부러워하지 않을 만했다. 앞뜰에는 노적이 쌓여 있고 뒤뜰에는 담장이 높직한데, 울 밑으로는 석가산이 우뚝했다.

석가산 위에 아담한 초당을 지었는데, 네 귀에 달린 풍경이 바람 따라 쟁그렁 하고 맑은 소리를 냈으며, 연못 속의 금붕어는 물결 따라 뛰놀았다. 동편 뜰의 모란꽃은 봉오리가 반만 벌어지고, 활짝 피었던 왜철쭉과 진달래는 춘삼월 모진 바람에 모두 떨어졌다. 서편 뜰의 앵두꽃은 담장 안에 곱게 피고, 영산홍과 자산홍이 바야흐로 한창이요, 매화꽃도 복사꽃도 철을 따라 만발하니 정원 빛이 찬란했다.

팔작집 기와지붕에 마루는 어간대청 삼 층 난간이 둘려 있고, 세살창의 들장지와 영차에는 안팎걸쇠, 구리사복이 달려 있고, 쌍룡을 새긴 손잡이는 채색도 곱게 반공중에 들떠 있다. 방 안을 들여다보니 팔첩 병풍이 펼쳐져 있고, 한쪽으로 놋요강과 놋대야를 밀쳐놓았다.

며늘아기는 명주 짜고 딸아기는 수놓으며, 곰배팔이 머슴놈은 삿자리 엮고, 앉은뱅이 머슴놈은 방아 찧기에 바빴다.

팔십 당년 늙은 모친이 병들어 누워 있으나, 불효막심 옹고집은 닭 한 마리, 약 한 첩도 봉양을 하지 않고 아침엔 밥, 저녁엔 죽을 겨우 바쳐 남의 구설만 틀어막고 있었다. 불기 없는 냉돌방에 홀로 누운 늙은 어미가 섧게 울며 탄식했다.

"너를 낳아 기를 때 애지중지 보살피며 보옥같이 귀히 여겨 어르면서 하는 말이 '은자동아, 금자동아, 고이 자란 백옥동아, 천지 만물 일월동아, 아국사랑 간간동아, 하늘같이 어질거라, 땅같이 드넓거라! 금을 준들 너를 사며 은을 준들 너를 사랴?

천생 인간 보배는 너 하나뿐이로다.' 이같이 사랑하며 너 하나를 키웠는데, 천지간에 이러한 어미 공을 네 어찌 모르느냐? 옛날에 효자 왕상이는 얼음 속의 잉어를 낚아다가 병든 모친 봉양했다는데, 그렇지는 못할망정 불효는 면해야 하지 않겠느냐!"

불경한 옹고집이 어미 말에 대꾸했다.

"진시황 같은 이도 만리장성 쌓아 놓고, 아방궁을 높이 세워 삼천 궁녀 두루 돌아 찾아들며 천년만년 살려고 하였소. 허나 그도 먼 산의 일개 무덤 속에 죽어 묻혔고, 백전백승 초패왕도 오강에서 자결했으며, 안연 같은 현학사도 불과 삼십 세에 요절했다고 합니다. 그러니 오래 살아 무엇하려오? 옛글에 이렀으되 '인간 칠십 고래희라.' 했으니, 팔십이 된 우리 모친 오래 산들 쓸데없고, 오래 살면 욕됨이 많아질 뿐이오. 도척같이 몹쓸 놈도 있는데, 어찌 나를 가지고 시비를 하는 거요?"

이렇듯 못된 옹고집은 불도(佛道) 또한 업신여겨 중을 보면 잡아다가 귀에 구멍을 뚫고, 어깨에 뜸질하기가 일쑤였다. 이놈의 심보가 이러하니, 옹가 집 근처에는 동냥중이 얼씬도 하지 못했다.

한편 이 무렵, 저 멀리 월출봉 취암사에 도사 한 분이 있었는데, 그의 높은 술법은 귀신도 감탄할 경지에 이르러 있었다. 하루는 도사가 학 대사를 불러 말했다.

"내 듣자니, 옹당촌에 옹 좌수라 하는 놈이 불도를 업신여겨 중을 보면 원수같이 군다 하는데, 네 그놈을 찾아가서 혼내 주고 돌아와라."

학 대사가 분부를 받고 길을 나섰다. 그는 헌 굴갓을 눌러쓰고 마의 장삼 걸쳐 입고, 백팔염주를 목에 걸고 육환장을 짚고 허우적허우적 산을 내려갔다.

때마침 계화가 활짝 피고 산새가 슬피 울며 가는 길을 재촉한다. 노을 진 석양 녘에 옹가 집에 다다랐다.

어간대청 너른 집에 네 귀에 풍경 달고, 안팎 중문 솟을대문이 좌우로 활짝 열어젖혔기에, 목탁을 딱딱 치며 권선문을 펼쳐 놓고 염불을 하기 시작했다.

"천수 천안 관자재보살, 주상 전하 만만세, 왕비 전하 수만세, 시주 많이 하옵시면 극락세계로 가오리다. 아미타불 관세음보살……."

이때 중문에 기대어서 이 광경을 바라보던 할미종이 넌지시 일렀다.

"노장 노장, 소문도 못 들었소? 우리 댁 좌수님이 춘곤을 못 이기고 초당에서 낮잠이 드셨는데, 만일 잠에서 깨어나면 동냥은 고사하고 귀만 뚫리고 갈 것이니 어서 바삐 돌아가소."

학 대사가 대답했다.

"높은 누각 큰 집에서 어찌하여 중을 이렇게 소홀히 대접하오? 악한 일을 많이 한 집은 반드시 재앙이 있고, 선한 일을 많이 한 집은 반드시 경사가 있다고 하였소. 소승은 영암 월출봉 취암사에 사는데, 법당이 퇴락하여 천릿길 멀다 않고 귀댁에 왔으니 황금으로 일천 냥만 시주하십시오."

합장 배례하고 다시 목탁을 두드리니, 옹 좌수가 벌떡 일어나 밀창 문을 드르륵 밀치면서 소리쳤다.

"어찌 이리 요란하냐?"

종놈이 조심조심 여쭈었다.

"문밖에 중이 와서 동냥 달라 하나이다."

옹 좌수가 화를 발칵 내며 눈알을 부라리더니 소리 질렀다.

"괘씸하다 이 중놈아! 시주하면 어찌 된다는 거냐?"

학 대사는 이 말을 듣고 육환장을 눈 위로 높이 들어 합장 배례하며 대답했다.

"황금으로 일천 냥만 시주하시면, 소승이 절에 가서 수륙재를 올릴 적에, 아무 면 아무 촌 아무개라 외우면서 축원을 드리면 소원대로 되나이다."

옹 좌수가 비웃듯이 쏘아붙였다.

"허허, 네놈 말이 가소롭다! 하늘이 만백성을 낼 때, 부귀빈천, 자손 유무, 복이 있고 없고를 분별하여 내셨거늘, 네 말대로

한다면 가난할 자 어디 있으며, 자식 없을 자 누가 있겠느냐? 속세에서 말하기를 인정 마른 중이라고 했겠다! 네놈 마음이 고약하여 부모 은혜 저버리고, 머리 깎고 중이 되었을 게 뻔하다. 그러고는 부처님의 제자인 양, 아미타불 거짓 염불로 동냥을 달라 하니, 불충불효 불측한 네놈에게 한 푼인들 주어 무엇하리?"

학 대사는 다시금 합장 배례하며 공손하게 말했다.

"청룡사에 축원 올려 만고 영웅 소대성을 낳아 나라에 충성하게 했으며, 천수경을 공부하여 주상 전하 만수무강하옵기를 조석으로 빌었습니다. 이 어찌 갈충보국이 아니며, 부모 보은이 아니리까? 그런 말씀 아예 마옵소서."

이에 옹 좌수가 대뜸 일렀다.

"네 무엇을 배웠기로 그렇듯 말하느냐? 지식이 있다면 내 관상이나 보아다고."

학 대사가 옹 좌수의 상을 살피더니 말했다.

"좌수님의 상을 살피건대, 눈썹이 길고 미간이 넓으시니 성세는 드날리겠습니다. 그러나 누당이 곤하시니 자손이 부족하고, 면상이 좁으시니 남의 말을 아니 들으십니다. 또 수족이 작으시니 횡사도 할 듯하고, 말년에 상한병을 얻어 고생하다 죽겠사옵니다."

이 말을 듣고 성난 옹 좌수가 종놈들을 소리쳐 불렀다.

"돌쇠, 뭉치, 깡쇠야! 저 중놈을 잡아내라!"

종놈들이 일시에 달려들어 굴갓을 벗겨 던지고 학 대사를 휘휘 휘둘러 돌 위에 내동댕이쳤다. 그러자 옹 좌수가 호통쳤다.

"이 미련한 중놈아! 들어 보라. 진도남 같은 이도 중이 될 수 없다면서 산속에 숨어 살았거늘, 너 같은 나쁜 중놈이 거짓 불도를 지껄이며 남의 돈과 곡식을 턱없이 달라 하니, 너 같은 놈은 그냥 두지 못하겠다!"

그러더니 종들을 시켜 중을 눌러 잡고는 꼬챙이로 귀를 뚫고 태장 사십 대를 호되게 내리쳐서 내쫓았다.

그러나 학 대사는 술법이 높은지라, 까딱없이 돌아서서 월출봉으로 태연히 돌아갔다.

학 대사가 사문에 들어서니 여러 중이 달려 나와서 보고 험한 꼴을 당한 연고를 캐묻자, 학 대사가 태연자약하게 대답했다.

"이러저러했노라."

그 말을 듣고 중 하나가 썩 나서며 의견을 내놓았다.

"스승의 높은 술법으로 염라대왕께 전갈하여 강림 도령을 놓고, 그로 하여금 옹고집을 잡아다가 지옥으로 보내, 세상에 영영 나지 못하게 하옵소서."

학 대사는 대답했다.

"그럴 수는 없다."

다른 중이 또 나섰다.

"그러하오면 해동청 보라매가 되어 푸른 하늘 구름 사이로 높이 떠다니다가 날쌔게 달려들어, 옹가 놈 대갈통을 두 발로 덥석 쥐고 두 눈알을 꼭지 떨어진 수박 파듯 하십시오."

학 대사가 움칠하며 대답했다.

"아서라, 아서라! 그도 못 하겠다."

또 한 중이 썩 나서며 말했다.

"그러하오면 만첩청산 맹호가 되어 깊은 밤에 담장을 넘어들어 옹가 놈을 물어다가, 사람 없는 험한 산 외진 골에서 뼈까지 남기지 말고 드십시오."

학 대사는 여전히 고개를 흔들며 대답했다.

"그도 또한 못 하겠다."

다시 한 중이 여쭈었다.

"그러하오면 신미산 여우가 되어 분단장 곱게 하고 비단옷으로 맵시를 낸 다음, 여색을 밝히는 옹고집 품에 드십시오. 그런 후 단순호치 빵긋 벌려 좋은 말로 옹고집을 속이는 것입니다. '첩은 본디 월궁 선녀이옵는데, 옥황상제께 죄를 얻어 인간계로 쫓겨났습니다. 이 몸 어디로 갈 바를 몰라 헤매는데, 산신님이 불러들여 좌수님과 연분이 있다 하여 얘기해 주시기에 찾아왔나이다.' 하며 온갖 교태 내보이면, 여색을 밝히는 그놈이 필경에는 대혹하여 달려들 것입니다. 그리하면 등 쓸고 배 만지며 온갖 희롱 진탕하다 병들어 말라죽게 하옵소서."

학 대사가 벌떡 일어나며 손을 내저었다.

"아서라, 그도 못 하겠다."

술법 높은 학 대사는 한 가지 괴이한 꾀를 냈다. 그는 동자를 시켜 짚 한 단을 끌어낸 다음 허수아비를 만들었는데, 영락없는 옹고집의 불측한 상이었다. 거기에 부적을 써 붙이니, 이놈의 화상 말대가리 주걱턱에 어디로 보나 영락없는 옹가였다.

이 허수아비를 옹가 집으로 보냈더니, 사랑채를 차지하고 앉아 하인들에게 태연스럽게 분부를 내리는 것이었다.

"늙은 종 돌쇠야, 젊은 종 몽치야, 깡쇠야, 어찌 그리 게으르고 방자하냐? 말에 콩 주고 소여물 썰어라! 춘단은 바삐 나와 방 쓸어라."

이리 보나 저리 보나 분명한 옹 좌수였다.

이때 실제 옹가가 들어서며 큰 소리로 꾸짖었다.

"어떠한 놈이 왔기로 이렇듯 사랑채가 소란하냐?"

가짜 옹가가 이 말을 듣고 나앉으며 대꾸했다.

"그대 어쩐 사람이기로 예 없이 남의 집에 들어와 주인 행세를 하느냐?"

진짜 옹가가 버럭 성을 내며 호령했다.

"네가 내 재물을 탈취하려고 허락 없이 집 안으로 들었으렷다! 내 그냥 두지 않겠다! 깡쇠야, 이놈을 잡아내라."

노복들이 얼이 빠져 이도 보고 저도 보고, 이리 보고 저리 보나 이 옹 저 옹이 똑같았다.

두 옹이 아옹다옹 맞다투니 그 옹이 그 옹이요, 깊은 골에서 처사 찾기는 쉬울망정, 백주 대낮에 그 방에서 옹 좌수를 찾을 가망은 전혀 없었다.

입 다물고 있던 종 하나가 안채로 들어가서 마님께 아뢰었다.

"일이 났소, 일이 났소! 아씨님, 일이 났소! 우리 댁 좌수님이 둘이 되었으니 보던 중 처음입니다. 집안에 이런 변이 세상에 또 있겠습니까?"

마님이 자세한 말을 듣고 크게 놀라며 말했다.

"애고 애고, 이게 웬 말이냐? 좌수님이 중만 보면 당장에 묶어 놓고 악한 형벌을 마구 하고 불도를 업신여기며 박대했는데, 죄가 어찌 없겠느냐? 땅 신령이 발동하고 부처님이 도술을 부려 하늘이 내리신 죄를 사람의 힘으로 어찌하리?"

마나님은 춘단 어미를 불러들여 급히 분부했다.

"네가 어서 가서 진위를 가려 보라."

춘단 어미가 사랑채로 가 본 바 내가 옹가다!' 하고 서로 고집을 부리며 악을 쓰고 있었다.

그런데 말투와 몸놀림이 똑같고, 이목구비도 두 좌수가 흡사해서 누가 진짜 옹 좌수인지 알아볼 수가 없었다.

춘단 어미가 기가 막혀하며 말했다.

"나가 문틈으로 기웃기웃 엿보는데, '네가 옹가냐? 까마귀 암수를 알아보리오.' 했다더니, 진짜 좌수를 누가 알아보리요?"

춘단 어미가 허겁지겁 안으로 들어가 고했다.

"마님 마님! 두 좌수님이 똑같아 쇤네는 전혀 알아볼 수가 없사옵니다."

마나님이 마침 생각난 듯 일러 주었다.

"우리 집 좌수님은 새로 좌수가 되어 도포를 성급히 다루다가 불똥이 떨어져서 안자락이 탔으므로, 구멍이 나 있다. 그것을 찾아보면 진위를 가릴 것이니, 다시 나가 알아 오너라."

춘단 어미가 다시 나와 사랑문을 열어젖히면서 말했다.

"알아볼 일이 있사오니 도포를 보여 주십시오. 안자락에 불똥 구멍이 있나이다."

진짜 옹가가 나앉으며 도포 자락을 펼쳐 보이니, 구멍이 또렷한 것이 옹 좌수가 분명했다.

그러자 가짜 옹가가 뒤따라 나앉으며 꾸짖었다.

"예라, 이년! 요망하고, 가소롭다! 남산 위에 봉화 들 때 종각 인경 뗑뗑 치고, 사대문을 활짝 열 때 순라군이 제격이라, 그런

표는 나도 있다."

가짜 옹가가 앞자락을 펼쳐 뵈니 그도 또한 뚜렷했다.

누가 진짜인지를 알 길이 전혀 없는지라, 답답한 춘단 어미는 안으로 들어가 마님께 고했다.

"애고 이게 웬 변입니까? 불구멍이 두 좌수께 다 있으니 소비는 전혀 알 수 없습니다. 마님께서 몸소 나가 보시지요."

마나님이 이 말을 듣고 낯빛이 흐려지더니 탄식했다.

"우리 둘이 만났을 때 '여필종부 본을 받아 서산에 지는 해를 긴 노를 잡아매고 길이 영화 누리면서 살아서 이별 말고 죽어도 한날 죽자.' 이렇듯이 천지에 맹세하고 일월도 보았거늘, 뜻밖에 변이 나니 꿈인가 생시인가? 이 일이 웬일일꼬? 도덕 높은 공부자도 양호에게 화를 입었다가 도로 놓여 성인이 되었다고 하지만, 자고로 이런 변이 어디 또 있단 말인가? 내 행실을 송백같이 굳게 하였거늘, 두 낭군을 어찌 섬기리요?"

이렇듯 탄식할 제 며늘아기가 여쭈었다.

"이 일로 집안의 체모가 서지 않으니, 이 몸이 나아가 밝히겠습니다."

며느리가 사랑방 문을 퍼뜩 열고 들어가니, 가짜 옹가가 나앉으며 이르는 것이었다.

"아가 아가, 게 앉아 자세히 들어 보아라. 창원 땅 마산포에서 네가 신행 올 때 말이다. 십여 필마에 온갖 기물 싣고 내가 뒤따라오는데 발정 난 수놈 한 마리가 암말 보고 날뛰다가 실은 것들을 모두 결딴냈지. 그래서 놋동이는 한복판이 뚫어져서 못 쓰게 되었길래 벽장에 넣었는데, 이 말이 거짓말이냐? 너의 시아비는 바로 나다!"

기가 막힌 진짜 옹가도 앞으로 나앉았다.

"어허, 저놈 보게. 내가 할말 제가 하니, 애고 애고 이 일을 어찌하리? 새아기야, 내 얼굴을 자세히 보거라! 네 시아비는 내가 아니냐?"

며느리가 공손히 여쭈었다.

"우리 아버님은 머리 위로 금이 있고, 금 가운데 흰머리가 있사오니 그것을 보여 주십시오."

진짜 옹가가 얼른 나앉으며 머리 풀고 표를 보여 주니, 대갈통이 차돌 같아 송곳으로 찔러도 물 한 방울 피 한 방울 나지 않을 것 같았다.

가짜 옹가도 나앉으며 요술을 부려 진짜 옹가의 흰털을 뽑아내어 제 머리에 붙이니, 진짜 옹가의 표적은 없어지고, 가짜 옹가의 표적이 분명했다.

"며느리야! 내 머리를 자세히 보아라."

가짜 옹가가 머리를 들이미니, 며느리가 살펴보고 말했다.

"틀림없는 우리 시아버님입니다."

진짜 옹가는 복통할 노릇이라, 주먹으로 가슴을 치고 머리를 두드리며 소리를 질렀다.

"애고 애고, 가짜 옹가를 아비라 하고 진짜 옹가는 구박하다니, 기막혀 나 죽겠네! 이 억울함을 누구에게 하소연하랴?"

이때 종놈들이 남문 밖 활터로 걸음을 재촉하여 서방님을 찾아갔다.

"서방님, 어서 집으로 가십시오! 변이 났습니다. 우리 댁 좌수님이 두 분이 되어 있습니다."

서방님이 종들의 말을 듣고, 화살 전통을 걸어 멘 채 허둥지둥 집으로 달려왔다.

사랑으로 들어가니, 가짜 옹가가 태연자약 나앉으며 탄식을 했다.

"저 건너 최 서방네 소작료 열 냥은 받아 왔느냐? 그 돈에서 한 냥만 꺼내 술을 사 오라 일러라. 분해서 못 살겠다. 이놈이 우리 세간을 빼앗으려고 하질 않겠느냐?"

진짜 옹가가 탄식하며 말했다.

"애고 애고, 저놈 보게. 내가 할 말을 제가 다 하네."

아들놈이 이쪽도 보고 저쪽도 살펴보았으나 이도 같고 저도 같아 알 길이 전혀 없었다.

가짜 옹가가 나앉으며 진짜 옹가의 아들을 불러 재촉했다.

"네 어미더러 좀 나오라 하여라! 이런 변이 일어났는데 내외할 것 전혀 없다!"

진짜 옹가 아들놈이 안으로 들어가서 여쭈었다.

"어머님, 사랑방에 괴변이 나서 아버님이 둘이오니, 어서 나가 자세히 살펴보십시오."

마나님이 사랑으로 나서니, 가짜 옹가가 진짜 옹가의 아내를 보고 앞질러서 말했다.

"여보 임자! 내 말을 자세히 들어 보시오. 우리 둘이 첫날밤 신방으로 들었을 때 말이오. 내가 먼저 동침하자 했더니 당신이 언짢은 기색으로 싫다고 돌아앉지 않았소. 그래서 내가 다시 타이르며 좋은 말로 임자를 이렇게 얼렀지. '이같이 좋은 밤은 백 년에 한 번 있을 뿐인데, 어찌 허송을 하려 하오?' 그제야 임자가 마음을 바꿔 동침을 했으니, 그런 일을 더듬어서 진위를 가려내시오."

진짜 옹가의 아내가 곰곰이 생각하니, 과연 그 말이 맞았다. 그리하여 가짜 옹가를 지아비라 하니, 진짜 옹가는 원통 절통하여 눈에서 불이 날 뿐 어찌할 도리가 없었다.

진짜 옹가 아내가 마음을 정하지 못하고 다시 말했다.

"두 분이 똑같으니, 소첩이라고 어찌 알겠소? 애통하오, 애통하오!"

그러고는 안으로 들어가서 팔자 한탄을 했다.

"애고 애고 내 팔자야! 여필종부 옛말대로 한 낭군 모셔 왔는데, 이제 와 이도 같고 저도 같은 두 낭군이 웬 변이란 말이냐? 전생에 무슨 죄를 지었기에 이년의 드센 팔자 이렇듯 드셀까? 애고 애고 내 팔자야!"

이럴 즈음 구불촌 김 별감이 문밖에 찾아왔다.

"옹 좌수, 게 있는가?"

말이 떨어지기가 무섭게 가짜 옹가가 썩 나서며 말했다.

"이게 뉘신가? 허허 이거 김 별감 아닌가. 달포를 못 보았는데, 그 새 댁내 편안한가? 나는 요새 집안에 변괴가 있어 편치 못하다네. 어디서 온 누구인지 말투와 몸놀림에 생김새도 나와 같은 자가 들어와서 제가 옹 좌수라 일컬으며, 나의 재물 빼앗고자 온갖 계책을 부리면서 진짜 옹가 행세를 하니 이런 변이 어디 어디 있겠는가? '그의 아내는 알지 못하더라도 그의 벗은 아는구나.' 했으니, 자네는 나를 알아보겠지? 나와 자네는 뜻이 통하는 터라, 명명백백 분별하여 저놈을 좇아 주게."

진짜 옹가는 이 말을 듣고 가슴을 꽝꽝 치며 호령했다.

"애고 애고 저놈 보게! 제가 나인 체 천연히 들어앉아 좋은 말로 그럴듯하게 늘어놓네! 이놈 죽일 놈아, 네가 옹가냐? 내가 옹가지!"

이렇듯이 두 옹가가 아옹다옹 다투니까, 김 별감은 이리 보고 저리 보고 어이없어하며 말했다.

"양 옹이 옹옹하니 이 옹이 저 옹 같고, 저 옹이 이 옹 같아 양 옹이 흡사하니 분별치 못하겠네! 사실이 이런 판국이니 관가에 바삐 가서 송사나 하여 보게."

양 옹이 이 말을 듣고 관가로 달려가서 송사를 아뢰었다. 사또가 둘을 불러 놓고 양 옹을 살피는데, 얼굴도 흡사하고 의복도 똑같으므로 형방에게 분부했다.

"저 두 놈의 옷을 벗겨 보아라."

형방이 명을 듣고 썩 나서며 양 옹을 발가벗겼다.

그러나 차돌 같은 대갈통이 같거니와, 가슴, 팔뚝, 다리, 발이 모두 같고 불알마저 흡사하니, 그 진위를 도무지 가릴 길이 없었다.

진짜 옹가가 먼저 아뢰었다.

"이 몸의 조상은 대대로 옹당촌에 살아왔습니다. 그런데 천만뜻밖에 생면부지 모를 자가 이 몸과 행색을 똑같이 하고 태연히 나타난 것입니다. 그러고는 우리 집을 제 집이라, 우리 가솔을 제 가솔이라 하니, 세상에 이런 변괴가 어디 있겠습니까? 현명하신 사또께서 저놈을 엄문하시어 바리를 밝혀 주시옵소서."

가짜 옹가도 아뢰었다.

"제가 아뢰고자 하던 것을 저놈이 다 아뢰었으니, 다시 아뢸 말씀이 없사옵니다. 하오나 명철하신 사또께서 샅샅이 살피시어 허실을 가려 주옵소서. 이제는 죽사와도 여한이 없나이다."

사또가 엄히 꾸짖어 양 옹의 입을 다물게 한 연후에 육방의 아전과 내빈 행객을 모두 불러내어 두 옹가를 살펴보게 했다. 그러나 진짜 옹이 가짜 옹 같고, 가짜 옹이 진짜 옹 같아 전혀 알 수가 없었다.

형방이 아뢰었다.

"두 사람의 호적을 참고하여 보십시오."

사또는가 말했다.

"허허 그 말이 옳도다."

그리고는 호적색을 불러 놓고, 양 옹에게 호적을 읊어 보라고 했다.

진짜 옹가가 나앉으며 아뢰었다.

"아비 이름은 옹송이옵고, 할아버지는 만송이옵니다."

사또가 이 말 듣고 웃으며 말했다.

"허허 그놈의 호적은 옹송만송하여 전혀 알 수 없으니, 다음 옹이 말하라."

이때 가짜 옹이 나앉으며 아뢰었다.

“이 몸은 좌수로 거행하며 백성을 애휼하온 공으로 말미암아 온갖 부역을 삭감했기로 관내에 유명하오니, 옹돌면 제일호 유생 옹고집이요, 고집의 나이 삼십칠 세이옵니다. 부 학생은 옹송이온데 절충장군이옵고, 할아버지는 평민이오나 오위장을 지내셨습니다. 고조할아버지는 맹송이요, 본은 해주이오며, 처는 진주 최 씨입니다. 아들놈은 골이온데 나이는 십구 세 무인생이요, 하인으로 천비 소생 돌쇠가 있습니다.

다음으로는 저의 세간을 아뢰겠습니다. 논밭 곡식 합하여 이천백 석이요, 마굿간에 기마가 여섯 필이요, 암수 돼지 합하여 스물두 마리요, 암탉 장닭 합 육십 수입니다.

그릇으로는 안성 방짜유기가 열 벌이요, 앞닫이 반닫이에, 이층장, 화류 문갑, 용장, 봉장, 가께수리, 산수 병풍, 연화 병풍이 다 있사옵고, 모란 그린 병풍 한 벌은 자식 신혼 시에 매화 그린 폭이 찢겨 고치고자 다락에 따로 얹어 두었습니다. 그 책자로 말하면 천자, 당음, 당률, 사략, 통감, 소학, 대학, 논어, 맹자, 시전, 서전, 주역, 춘추, 예기, 주벽, 총목까지 있나이다.

또 은가락지가 이십 개, 금반지는 열 개, 비단은 청, 홍, 자색 합쳐서 열세 필이요, 모시가 서른 통이요, 명주가 마흔 통이온데, 그중 한 필은 큰딸아이가 첫 몸을 보았기로 개짐을 명주 통에 끼웠더니 피가 조금 묻었습니다. 이것을 보아도 명명백백 알

것입니다.

진신, 마른신이 석 죽이요, 쌍코 줄변자가 여섯 켤레인데, 그 중에 한 켤레는 이달 초사흘 밤에 쥐가 코를 갉아먹어 신지 못하옵고 안 벽장에 넣었습니다.

이것도 알아보시고 하나라도 틀리면 곤장 맞고 죽어도 할 말이 없을 것이옵니다.

하오나 저놈이 제 세간이 이렇듯 넉넉함을 엳어 듣고 욕심을 내니, 무도한 저놈을 처치하여 후인을 경계하옵소서."

사또가 얘기를 다 듣더니 고개를 끄덕이며 말했다.

"그대가 진짜 옹 좌수요."

그러더니 가짜 옹을 당상에 올려 앉히고 기생을 불러들였다.

"이 양반께 술 권하라."

이에 천하일색 기생이 술을 들고 권주가를 불렀다.

"잡수시오, 잡수시오, 이 술 한 잔 잡수시오. 이 술 한 잔 잡수시면 천년만년 사시리라. 이는 술이 아니오라 한무제가 승로반에 이슬 받은 것이오니 쓰나 다나 잡수시오."

가짜 옹가가 흥이 나서 술잔을 받아 들고 화답했다.

"하마터면 아까운 살림살이를 저놈한테 빼앗기고, 일등 미색이 권하는 맛난 술을 못 먹을 뻔했구나! 그러나 사또께서 흑백을 가려 주시니, 그 은혜는 백골난망이옵니다. 틈을 내시어서 한 차례 저의 집에 나오시오. 막걸리로 한 잔 술대접하오리다."

"내 알았네. 가짜 놈은 알아서 처치하여 줌세."

뜰아래 꿇어앉은 진짜 옹가를 불러 분부했다.

"네놈은 음흉한 인간으로서, 음흉한 뜻을 두고 남의 세간을 탈취코자 했으니, 죄상인즉 귀양을 보내는 것이 마땅하나, 불쌍하게 여겨 가볍게 처벌해 주마. 이놈을 당장 끌어내어 곤장을 쳐라."

그리고는 곤장 삼십 대를 매우 치고, 죄목을 엄히 문초했다.

"네 이놈! 차후에도 옹가라 하겠느냐?"

진짜 옹가가 곰곰이 생각해 보니, 만일 다시 옹가라고 고집하면 필시 곤장을 맞아 죽을 게 뻔했다.

"예, 옹가가 아니오니, 처분대로 하옵소서."

아전이 호령했다.

"저놈을 당장 끌어내라."

이에 군노 사령들이 벌 떼같이 일시에 달려들어 옹가 놈의 상투를 움켜잡고 휘휘 둘러 내쫓았다. 진짜 옹가는 할 수 없이 걸인 신세가 되고 말았다. 그리하여 고향 산천을 멀리하고 빌어먹고 다니며 대성통곡하며 한탄을 했다.

"답답하다 내 신세야! 이 일이 꿈이냐 생시냐? 어찌하면 좋겠는고?"

무지하던 옹고집은 그제야 뉘우치고 애통해하며 말했다.

"나는 죽어 싼 놈이지만, 호호백발 우리 모친 다시 봉양하고 싶구나. 어여쁜 우리 아내는 독수공방 홀로 누워 이리 뒤척 저리 뒤척 수심으로 지내는가? 금옥같이 사랑하던 어린 자식들 눈에 어려 못 살겠구나. 애고 애고, 나 죽겠네, 나 죽겠어! 이것이 꿈이던가 생시던가. 꿈이거든 어서 빨리 깨어나라!"

이때 가짜 옹가가 송사에 이기고서 의기양양해서 돌아오며, 손춤을 휘저으며 노래를 흥얼거렸다. 그는 이리저리 다니면서 능청스럽게 진짜 옹가를 조롱했다.

"허허 흉악한 이로다! 하마터면 고운 우리 마누라를 빼앗길 뻔했구나."

회색이 만면하여 집으로 들어서니, 온 집안 식솔이 송사에 이겼다는 말을 듣고 반가이 맞이했다. 진짜 옹가의 마누라는 왈칵 뛰쳐 내달으며 가짜 옹가의 손을 잡고 물었다.

"그래 참말 송사에 이겼소이까?"

"허허 그리했다네. 그사이 편안히 있었는가? 세간은 고사하고 자칫하면 자네마저 놓칠 뻔했다네! 사또가 명확히 가려 주셔서, 자네 얼굴을 다시 보게 되었으니 이런 경사가 또 있을까? 불행 중 행이로세!"

이렇게 희희낙락하다 보니 그럭저럭 날이 저물었다. 가짜 옹가는 진짜 옹가의 아내와 긴긴 밤을 수작하다가 원앙금침 펼쳐 놓고 한자리에 누워 깊은 정을 나누었다.

이같이 즐기다가 잠시 잠이 들어 진짜 옹가의 아내가 꿈을 꾸었는데, 하늘에서 허수아비가 무수히 떨어져 내리는 것이었다. 깜짝 놀라 깨어나니 한낱 꿈이었다.

가짜 옹가한테 꿈 이야기를 하니 가짜 옹가가 고개를 끄덕이며 말했다.

"듣자하니 태몽인 듯하나, 꿈과 같다면 허수아비를 낳을 듯하네만 두고 보십시다."

이러구러 열 달이 차 진짜 옹가의 아내가 해산을 하였는데, 돼지가 새끼를 낳듯 무수히 펴 낳는 것이었다.

진짜 옹가의 마누라는 자식이 많다고 좋아하면서 괴로움도 다 잊은 채 주렁주렁 길러 냈다.

한편, 진짜 옹가는 세간과 처자를 모조리 빼앗기고 곤장까지 맞고 쫓겨나니 살고 싶은 마음이 없었다.

차라리 죽으리라 결심을 하고 첩첩산중에 들어가 슬피 울고 있는데, 층암절벽 벼랑 위에 청려장을 짚은 백발도사가 나타나 꾸짖는 것이었다.

"네 후회막급일 것이나 하늘이 주신 벌이거늘, 누구를 원망하며 누구를 탓하겠는가?"

진짜 옹가는 이 말을 듣고 도사 앞으로 급히 나아가 합장 배례하며 애원했다.

"이 몸의 죄를 돌이켜 생각하면 천만 번 죽사와도 아깝지 않사옵니다. 하니 밝으신 도량으로 제발 살려 주십시오. 백발의 늙은 모친과 규중의 어린 처자를 다시 보게 하옵소서. 이 소원을 들어주시면 지하로 돌아가도 여한이 없겠나이다. 제발 살려 주옵소서."

온갖 정성을 다 기울여 애걸하니, 도사가 또다시 소리 높여 꾸짖었다.

"천지간에 몹쓸 놈아! 이제도 팔십의 병든 모친을 구박하여 냉돌방에 두려느냐? 또 불도를 업신여겨 못된 짓을 하려느냐? 너 같은 몹쓸 놈은 응당 죽여 마땅하나, 사정이 딱하고 너의 처자가 불쌍하여 풀어 주겠으니 돌아가 개과천선하여라."

도사는 부적 한 장을 써 주면서 일렀다.

"이 부적을 몸에 지니고 네 집에 돌아가면 괴이한 일이 있을 것이다."

그러고는 온데간데없이 사라졌다.

진짜 옹가가 즐거운 마음으로 고향에 돌아와서 제 집 문전에 다다랐다.

높은 누각과 청풍명월 맑은 경개는 옛날 풍취 그대로였다. 담장 안의 홍련화는 주인을 반기는 듯 활짝 피었고, 영산홍과 자산홍도 아름다운 빛을 내었다.

옛집을 다시 찾아오니 지난날의 잘못이 뉘우쳐지며 죽을 마음이 싹 사라지고 없었다.

"가소롭다, 가짜 옹가야! 지금도 네가 옹가라고 큰소리를 칠 것이냐?"

이 소리를 듣고 늙은 하인이 허둥지둥 다가와 가짜 옹가에게 아뢰었다.

"애고 애고 좌수님, 저놈이 또 왔소이다. 천살을 맞았는지 또 와서 지랄을 하니 이 일을 어찌하오리까?"

이럴 즈음에, 방에 있던 가짜 옹가는 간데없고, 난데없는 짚 한 단이 놓여 있을 따름이었다.

가짜 옹가의 수다한 자식들도 갑자기 허수아비가 되니, 온 집안사람들이 그제야 깨달은 듯 박장대소를 했다.

좌수가 부인에게 말했다.

"마누라, 그 사이 허수아비 자식을 저렇듯이 무수히 낳았으니, 그놈이랑 얼마나 좋아했길래 그랬을꼬? 한상에서 밥도 같이 먹었는가?"

얼이 빠진 부인은 아무 말도 못 하고서, 방 안으로 들어가서 가짜 옹가의 자식들을 살펴보았다.

이를 보아도 허수하비요, 저를 보아도 허수하비라. 아무리 다시 보아도 허수아비 무더기가 분명했다.

부인은 진짜 옹가를 맞이하여 반갑기 그지없었지만, 한편으론 지난 일을 생각하고 매우 부끄러워했다.

도승의 술법에 탄복한 옹 좌수는 그때부터 모친께 효도하고 불도를 공경하여 잘못을 뉘우치고 착한 일을 많이 하니, 모두들 그 어짊을 칭송해 마지않았다.